Un perdedor sin futuro

Raúl Solís

Un perdedor sin futuro

Segunda edición, 2020

UN PERDEDOR SIN FUTURO

Diseño de portada: «Corazón melancólico», Mixto, Guianeya Ramírez, 2017

Composición: Jorge Rojas

Todos los derechos reservados

© 2017, Raúl Solís
© 2017, Guianeya Ramírez
© Christian Thalmann, por la tipografía Cormorant Garamond y Cormorant Infant.

D.R. © 2017, Grupo Editorial Lectio S.A.S. de C.V.
Narbona 6, 09890, Ciudad de México

ISBN: 978-607-98087-5-4

Miembro de la Cámara Nacional de la Industria Editorial Mexicana
Registro número: 3237

Comentarios y sugerencias: contacto@lectio.com.mx
Visita: www.lectio.com.mx

Hecho en México • *Made in Mexico*

El pasado me atrae, el presente me asusta porque el futuro es muerte. Lamento todo lo que se ha hecho, lloro por todos los que han vivido; quisiera detener el tiempo, detener la hora. Pero ella pasa, se va y me quita segundo tras segundo un poco de mí para la nada de mañana. Y no volveré a vivir nunca más.

GUY DE MAUPASSANT

era una especie de enfermedad triste, de tristeza enferma, en que llega un momento en que ya no puedes sentirte peor. creo que sabes lo que quiero decir. creo que todo el mundo siente esto de vez en cuando. pero yo lo he sentido muy a menudo, demasiado a menudo.

CHARLES BUKOWSKI

Lo peor es que te preguntas de dónde vas a sacar bastantes fuerzas la mañana siguiente para seguir haciendo lo que has hecho la víspera y desde hace ya tanto tiempo, de dónde vas a sacar fuerzas para ese trajinar absurdo, para esos mil proyectos que nunca salen bien, esos intentos por salir de la necesidad agobiante, intentos siempre abortados, y todo ello para acabar convenciéndote una vez más de que el destino es invencible, de que hay que volver a caer al pie de la muralla, todas las noches, con la angustia del día siguiente, cada vez más precario, más sórdido.

LOUIS-FERDINAND CÉLINE

De leyes y abogados

Una mañana, cuando tenía dieciocho años, llegó a mi casa un mensajero con una notificación por parte del juzgado familiar. Tocó el timbre y salí a ver quién era. Y allí estaba, esperando por mí.

—¿Señor Solís? —preguntó.

—Sí.

—Vengo a notificarle que tiene usted una demanda.

Me entregó un papel que no leí. Sabía de qué se trataba. Días antes me habían advertido que en cualquier momento eso sucedería. Me dio a firmar un documento para certificar que estaba enterado y que debía presentarme para tal fecha con un abogado. Se fue. Cerré la puerta y regresé a tumbarme en el sillón.

—¿Quién era? —preguntó mamá.

—El ángel de la muerte.

—Síguele de chistoso —respondió molesta.

La cita era en dos semanas, a las once de la mañana. Estrujé el papel y lo eché al bote de basura. Horas después se lo comenté a mamá. Llamó a su abogado de inmediato.

La cosa estaba así: mis padres se habían divorciado dieciséis años atrás y habían sostenido una pelea legal que duraba hasta entonces. Yo era el menor de tres hermanos y papá nos había demandado a todos para suspendernos la pensión alimenticia. A mí un poco antes que a ellos: recién cumplidos los dieciocho. A mi hermano, el mayor, fue a los veintidós. A mi hermana, a los veinticinco. Me pareció injusto, no por la demanda, sino por el tiempo y las circunstancias. Acababan de echarme de la escuela después de haber agotado mis cuatro años reglamentarios en la preparatoria, y aún debía materias para graduarme. Hablé con papá al respecto y le pedí ayuda para inscribirme en otra escuela. La ayuda era monetaria, por supuesto. Lo que me daba de pensión no me alcanzaba. Hizo una mueca, me tiró un discurso moralista que escuché distraídamente y, tras haber bufado, aceptó apoyarme. Y ahora yo estaba notificado por parte del juzgado. Mi padre me demandaba para quitarme la pensión.

Fui con el abogado de mamá, un viejo lerdo, nefasto. Los abogados me han parecido siempre unos hijos de puta que se aprovechan de sus clientes, que juegan con sus vidas para sacar el mayor beneficio de un embrollo. Te cobran por engañarte, para hacer el pleito largo, cuando podrían encontrarse soluciones más sencillas entre todos. Detestables pero necesarios. Como la comida rápida. O los supermercados. El tipo me aleccionó de una forma improvisada que me pareció francamente estúpida.

—El abogado de tu padre va a hacerte unas preguntas frente a la licenciada. Vas a contestar así y así...

Puras tonterías. Tomé el asunto a la ligera. Eso molestó a mamá.

—¿Para qué quiero mendigarle a mi papá algo que no quiere darme? Puedo valerme por mí mismo.

—¿Eres tonto? —respondió ella—. ¡Es tu derecho y su deber apoyarte mientras sigas estudiando!

—Quizás no quiera estudiar más —sentencié.

No importó lo que yo quisiera: tenía que seguir la estrategia del abogado.

Llegó el día. Me presenté puntual al juzgado. Papá y su abogado llegaron poco después. Nos miramos a la distancia. Papá me saludó con cortesía, como si estuviéramos en cualquier reunión. Le di la mano y me alejé. Mi orgullo estaba herido. No iba a permitir que me tratase de ese modo.

La licenciada que atendería nuestro caso pidió que nos acercáramos. Luego preguntó por mi abogado.

—Debe estar perdido. O lo habrá olvidado. En realidad no importa.

—Claro que importa, muchachito. Necesita usted a su abogado.

El abogado de papá quiso jugarle al vivo y sugirió pedir mi consentimiento para empezar el proceso. Alegó que ya era mayor de edad y que podía contestar responsablemente por mi cuenta. No me pareció mala idea. Lo mejor era terminar de una buena vez. Pero la licenciada se negó. Entonces otorgó cinco minutos de tolerancia para esperar a mi defensor. Deseé que el viejo no asistiera. Pero llegó diez minutos después. Se excusó con la licenciada.

—El tránsito, ya sabe, muy pesado, ya sabe...

La licenciada leyó las razones por las que estábamos allí en términos que todos parecían comprender menos yo. Ella, detrás de su escritorio, con una escriba al lado, y nosotros frente a ella. Mi padre sentado junto a mí, hombro con hombro, para hacerlo más divertido. Lo veía de soslayo con el rabillo del ojo. Estaba serio, tranquilo. Yo estaba ansioso. Sentí por él una rabia que hasta entonces no sentía por nadie. Quise hablarle de frente, insultarlo quizás, y salir de allí herido pero vivo. Me contuve. Traté de guardar la compostura. No quería que me viera flaquear en un momento así. Si él podía mantenerse sereno yo también lo haría. Ya veríamos de qué Solís saldría más correa, me dije.

Pasó un rato. Yo no entendía nada. Leyes y abogados, términos incomprensibles... estaba en un mundo ajeno al mío. Hasta que vino lo importante: el interrogatorio por parte del abogado de mi padre. Mi abogado se alejó unos pasos tras la orden de la licenciada para no influir en mis respuestas. Una medida estúpida. Ya habíamos ensayado antes esa parte.

—¿Asegura usted tener dieciocho años? —empezó aquél.

—Sí.

—¿Es usted capaz de trabajar o tiene algún impedimento físico?

—No. Soy capaz de trabajar.

—¿Estudia actualmente?

Maldita pregunta, pensé. No, yo ya no estudiaba en ese momento. Por eso le había pedido ayuda a papá. Quería acabar la preparatoria para entrar a la universidad, terminar una carrera y dedicarme de por vida a eso. Ese era mi plan. Estaba viendo por primera vez a futuro. Después de eso dejó de importarme el porvenir.

—No, pero estoy por entrar...

—Responda sí o no solamente —me atajó la licenciada.

Me mordí el labio. Sentí un vacío en la panza, como de vértigo.

—No —respondí al fin.

—Eso es todo, licenciada.

La mujer hizo una seña a mi abogado para que se acercara. Le informó del cuestionario y le preguntó si había algo que quisiera objetar.

—Creo que nada, señorita —respondió.

La escriba tecleaba con rapidez todo lo que íbamos diciendo, lo que sucedía. La licenciada firmó algunos documentos, dijo algo y luego nos pidió a papá y a mí que la dejáramos sola con los abogados. Lo hicimos. Ella habló con ambos. Nosotros nos mirábamos de vez en vez. Me crucé de brazos, paseé por la oficina. Miré a mi alrededor: todos los días, cientos, tal vez miles de casos como el mío, y mucho peores, sucedían en ese edificio de varios pisos. En cada uno había cuatro juzgados, con cinco u ocho licenciados encargados del proceso, y un juez que sentenciaba. Lo que más me preocupaba eran todas esas familias que se demandaban unas a otras, entre ellas, por cuestiones tan tontas como innecesarias. Allí mismo había niños pequeños a los que sus padres exponían a sufrimientos inimaginables.

A unos pasos de distancia, en otro proceso, alcancé a escuchar que le preguntaban a un niño:

—¿Con quién te quieres quedar, con tu mamá o con tu papá?

Tendría ocho o diez años. Temblaba, era evidente. No quería contestar. No tenía por qué hacerlo. Pero los padres estaban obstinados con querer escucharlo para restregarle en la cara al otro la preferencia de su hijo y regodearse después con ello. Igual los abogados. Incluso pensé que hacer eso habría sido una estrategia propuesta por uno de ellos. «Pregúntele a su hijo con cuál de ustedes prefiere quedarse», habría aconsejado para ganar el caso. Hijo de puta.

—Yo —dijo el niño, con la voz entrecortada— quisiera que viviéramos juntos, como una familia.

Fue como una patada en el alma. En medio de ese hórrido mundo alguien había dicho algo sensato, y había sido un niño. Pero nadie le haría caso. Para eso estaban los abogados, las leyes, los jueces, para destruir a cualquier persona sensata. Recordé entonces lo que mis hermanos y yo habíamos pasado dieciséis años atrás con el divorcio de nuestros padres. Quise llorar. Quise abrazar al niño. Quería irme tan pronto como fuera posible de ese maldito edificio putrefacto lleno de gente muerta, de almas muertas. Los que entrábamos allí jamás volveríamos a ser los mismos. Habríamos muerto un poco o definitivamente. Era una pesadilla de la que no podías salir ileso.

Terminó la plática entre nuestros abogados y la licenciada; nos llamaron a papá y a mí. Nos acercamos. La sentencia tardará unas semanas en ser publicada, dijo. Dio por terminada la sesión. Nos despidió con un movimiento de cabeza. Nos alejamos lentamente platicando cada quien con su abogado.

—Fallaste al contestar —me dijo el viejo—. Debiste haberlo hecho así...

—No me importa, ¿sabe? Sólo quiero irme de aquí.

Volví para ver al niño. Lloraba, solo, en medio de sus padres y abogados. La licenciada que los atendía ni siquiera lo miraba. Otro más que moría enterrado en el fango de las relaciones humanas. No habría resurrección, ni paz ni alegría para él. Sólo la muerte eterna de su incipiente alma.

Sentí una mano sobre mi hombro. Era la de papá; se había acercado para despedirse.

—Nos vemos luego. Cuídate.

Lo miré colérico. Me zafé de su mano y salí del juzgado. Bajé los doce pisos por las escaleras tratando de no llorar. La escena del niño había roto algo dentro de mí. La humanidad no tenía esperanza mientras el mundo fuera regido por los idiotas. Salí a la avenida Juárez y crucé la alameda. Bajé al metro. Otra alma que muere, me dije pensando en la del niño. Y también en la mía.

Yo no sabía nada de niñas

Por aquel entonces yo tenía cinco o seis años. Lola era cuatro años mayor. Era la primogénita del tío Julio, uno de los tantos hijos de la abuela, hermano de mi madre. Entre nosotros había una brecha generacional que cruzamos a pesar de la diferencia de edades. Por ejemplo, a mí me bastaba con patear una pelota para divertirme. No necesitaba más. Ella, en cambio, estaba en una etapa distinta y comenzaba a tener otro tipo de inquietudes. Próxima a la pubertad, quiso experimentar con sus impulsos sexuales. ¿Qué hacer con ellos? Supongo que se lo habrá preguntado alguna vez. O quizás no se lo preguntó nunca y simplemente decidió satisfacerlos de algún modo. Y me eligió a mí, de entre tantos otros primos, para hacerlo. No tengo muy claro el porqué, pero así fue.

Recuerdo bien las sensaciones que me recorrieron el cuerpo en nuestro primer encuentro: la euforia, la excitación, pero sobre todo el miedo a ser descubiertos. Sabía que lo que hacíamos era algo *prohibido*, según la moral que me habían inculcado. O más precisamente, era *pecado*, y pocas cosas eran tan mal vistas y repudiadas en el seno familiar como transgredir las leyes de dios. No me importó. Yo sólo quería estar con Lola, y a ella parecía gustarle estar conmigo también. Por eso buscamos cada oportunidad para estar juntos. Lo nuestro fue un secreto del que nadie se enteró jamás.

Nuestra familia solía reunirse cada domingo en casa de la abuela. Lo primero que hacíamos al llegar era sentarnos a la mesa, como súbditos de la matriarca, a escucharla departir con autoritarismo de sus temas predilectos: la religión, la moral, los lineamientos para tener una vida recta y ejemplar. Nadie se atrevía a cuestionar sus puntos de vista. Tampoco estaba permitido interrumpirla. Era el momento más aburrido del día. Cuando la abuela terminaba su cátedra se retiraba a su habitación. En ese momento el tío Julio sacaba una botella de tequila para devolverle un poco de alegría a la reunión. Y mientras los mayores convivían en el amplio comedor, los niños salíamos corriendo al patio para jugar bajo la sombra de una higuera.

Lola estaba en una zona gris entre dos generaciones de primos que la marginaban: nosotros éramos demasiado chicos como para que se interesara en nuestros juegos, y los mayores, adolescentes ya, la consideraban aún una niña como para invitarla a sus cónclaves. Por eso se aburría. Casi siempre se quedaba tumbada en un sillón de la sala viendo el televisor, hojeando sin interés alguna revista que tuviera a mano, o dormitando. A mí me daba pena verla así. Varias veces intenté acercarme a ella pero no sabía cómo llamar su atención.

Un día decidí invitarla a jugar con nosotros, así, sin más. Lola me miró como si fuera un extraño. Luego me sonrió. Se lo pensó un poco y, antes de aceptar, me hizo una propuesta:

—Bueno, pero juguemos a las escondidillas.

A mí me pareció bien. Le dije que no había problema.

Fuimos con los otros a contárselo. Allí agregó con malicia:

—Pero en parejas, para que sea más divertido.

Todos aceptamos.

Antes de empezar Lola organizó las parejas y eligió a los que debían buscarnos. Después me tomó de la mano y echó a correr al fondo del patio. Yo la seguí dócilmente sin imaginar lo que vendría después.

Llegamos a una parte solitaria en la que se alzaba una obra negra. Puso un dedo en sus labios y, sin pensarlo dos veces, brincamos las tarimas que obstruían el paso. Era un lugar silencioso, oscuro y frío. Las paredes de tabique gris estaban salpicadas de cemento, había mangueras anaranjadas colgando del techo, saliendo por las paredes; el suelo era irregular. Había montoncitos de grava amontonados en los rincones; olía a madera húmeda, podrida...

Lola me llevó hasta una pequeña habitación para refugiarnos.

—Aquí estaremos bien —dijo en un susurro.

Nos acurrucamos muy juntos en una esquina, lejos de la vista de todos. Me sentí contento al saber que los otros no podrían encontrarnos fácilmente. Seríamos la pareja ganadora, sin duda. ¡Qué suerte tenerla como compañera!, me dije entusiasmado. Luego la miré para averiguar si ella compartía mi alegría, pero su gesto me sorprendió. Tenía los ojos clavados en mí como tratando de adivinar mis pensamientos. ¿Qué expresión tendría yo? No lo sé. Sólo recuerdo que sonrió de forma extraña, decidida. Se me acercó otro poco. Y de pronto me besó.

Con los años comprendí que quedarme a solas con Lola esa tarde no fue una casualidad. Quizás lo planeó desde que la invité a jugar con nosotros. O tal vez vio en mí la oportunidad de no volver a aburrirse en casa de la abuela y decidió aprovecharla. Lo cierto es que intuyó que yo iba a corresponderle, y le atinó. Pero, ¿habría conseguido lo que quería si lo hubiera intentado con algún otro primo? Es una duda que hasta hoy prevalece.

Yo nunca había besado a una niña; no sabía qué hacer. Recuerdo haber sentido miedo de que alguien nos descubriera, que su padre o mi madre nos encontraran ahí, besándonos. Creo que me quedé paralizado. Lola se dio cuenta y me tomó de la mano; me dijo algo al oído y volvió a poner sus labios en los míos. Así comenzó lo nuestro.

No entendía nada. Sólo sabía que su boca estaba húmeda, caliente, y que su lengua buscaba ávidamente la mía. Traté de seguirla, de imitarla, pero no comprendía su comportamiento. Cuando nos separamos tuve la sensación de estar haciendo algo peligroso. Entonces los preceptos aprendidos en la doctrina de la abuela sobre una vida recta se me vinieron encima. ¡Estaba pecando! Vi los ojos de dios condenándome por hacer aquello con mi prima. ¿Qué castigo me impondría? No quería ni imaginarlo.

Intenté levantarme pero Lola me retuvo. Me echó de espaldas contra la pared, bajó la cremallera de mi pantalón y metió la mano. Comenzó a acariciarme. Mi miembro reaccionó. No supe por qué sucedió aquello pero recuerdo que mis pensamientos dejaron de atormentarme gracias al placer que descubrí esa tarde en manos de Lola.

Algo me dijo que tenía que tocarla también. Y al igual que con los besos, imité sus movimientos. Le bajé la cremallera del pantalón y hurgué en su trusa. Pero me di cuenta de algo increíble: Lola no tenía un miembro como el mío para estimular. ¿Qué debía hacer? Me separé un momento para cerciorarme de que no me había equivocado de sitio. Entonces sonrió. Se levantó, desabotonó su pantalón y se lo bajó, junto con la trusa, dejando al descubierto su sexo lampiño, infantil, para que lo contemplara. Volvió a acercarse. Llevó mi mano hasta su coño y me pidió que la acariciara. Y eso hice, de algún modo, mientras ella me acariciaba a mí. Nos besábamos de rato en rato.

No sé cuánto duramos así, ni cómo paramos. Tampoco recuerdo cuando salimos de la construcción.

¿De dónde le surgió el interés por mí? Es probable que yo ni siquiera le agradara del todo hasta antes de ese día. ¿Y con quién había aprendido a hacer aquello? Nunca se me ocurrió preguntárselo; por el contrario: preferí pensar que yo fui su primera experiencia de ese tipo, y que conmigo satisfizo sus primeros impulsos sexuales.

Yo no sabía nada de las niñas. Fue hasta esa tarde de domingo que las descubrí, y el placer que podía encontrar con ellas también. Pero un descubrimiento así tiene un precio elevado, y tarde o temprano debe saldarse la cuota exigida. No tuve que esperar mucho para descubrirlo. Fue la misma Lola quien me hizo pagarlo.

Desde aquel día comencé a llamarla *mi preciosa Lola*, y esperaba con ansias a que llegara de visita a casa de la abuela. Nos volvimos expertos organizando juegos con los primos. Bastaba con que dijéramos que sería en parejas para que entendieran que ella y yo estaríamos juntos. Lo increíble es que nadie parecía sospechar que había algo entre nosotros. Cuando todo estaba listo buscábamos la forma de huir a esa construcción para intimar otra vez.

Ya solos, a veces ella tomaba la iniciativa; otras, yo intentaba avanzar por mi cuenta. Me gustaba acariciarle las piernas, las nalgas, el coño suave y lampiño. Me gustaban sus labios, sus manos inquietas, su respiración agitada. Me gustaba estar con ella, y el placer que nos procurábamos. Y cuanto más tiempo pasábamos juntos, más la deseaba. Tocar su cuerpo se convirtió en una necesidad que me costó dominar cada vez más. Si por mí hubiera sido jamás me habría separado de ella.

Pero los romances duran poco, y Lola fue el primero de unos cuantos.

Los problemas familiares no se hicieron esperar. Hubo una pelea entre los adultos y el tío Julio no volvió a la casa de la abuela sino varios meses después, cuando los ánimos se calmaron. Mientras, la obra siguió su curso. Para cuando Lola y yo intentamos retomar nuestros encuentros el avance en la construcción ya era significativo. Nos quedamos sin escondite, y a pesar de que me esforcé para encontrar uno nuevo ninguno era lo suficientemente seguro y apartado como ése. Entonces Lola abandonó los juegos en el patio, y con ellos los pretextos para encontrarse conmigo. O tal vez sea más preciso decir que perdió el interés en mí. Yo, en cambio, deseaba estar con ella con todas mis ganas. Primero la busqué con timidez para no levantar sospechas. Como no me hacía caso me volví insistente, fastidioso. No quería perderla.

Lola me llevó a su terreno y me hizo jugar su juego, uno que yo no conocía. No se molestó en explicarme las reglas, ni decirme lo que buscaba en mí. Simplemente me echó al ruedo y esperó a que estuviera a su altura, que compitiera con ella como un igual. Me llevaba mucha ventaja y me hizo apurar el paso para alcanzarla. Yo, por mi parte, traté de comprender lo que sucedía pero los acontecimientos me rebasaban por mucho.

Me volví loco tratando de entenderla, de seguirla, de retenerla, pero ella se alejó sin decir una palabra, sin darme una explicación ni una despedida. Al final no me quedó más que ver cómo se integraba poco a poco al grupo de los primos mayores, el de los adolescentes, para encontrar su lugar.

Pero para mi mala suerte no sólo perdí a Lola: también perdí mi sentido de pertenencia. Ahora era yo el que estaba en la zona gris de la familia. Me sentí descolocado.

¿Qué iba a hacer sin *mi preciosa Lola*? ¿Con qué sustituiría su cuerpo, su boca, la suavidad de su piel, sus manos inquietas? ¿Cómo podía volver a los juegos inofensivos con mis primos? ¿Podría regresar a la inocencia infantil que abandoné prematuramente por seguirla, para luego quedarme sin ella? Era evidente que no. No había retorno a la niñez para mí, y todavía me faltaba un trecho largo para alcanzar la pubertad. No había nadie que compartiera mis necesidades, que me comprendiera, ni mucho menos que buscara en mí lo que había despertado Lola. La sexualidad fue un tema intratable en mi entorno por muchos años.

Fue la primera vez que me sentí solo, perdido, tan lejos de todo lo que me rodeaba. Y esa sensación no me abandonaría jamás.

Las reuniones familiares siguieron celebrándose pero entre Lola y yo nada volvió a ser igual. Me exilió de su cuerpo, de su boca caliente, de sus manos que tanto placer me procuraron. Me abandonó con dolorosa sencillez, como si lo que tuvimos no le hubiera importado; como si lo nuestro jamás hubiera sucedido.

Con el tiempo dejé de llamarla *mi preciosa Lola*, y más tarde logré superar el trance de perderla. Pero por más que intento no consigo desprenderme completamente de ella, de esas tardes de domingo en casa de la abuela. Su imagen aún proyecta una sombra que se extiende en mis recuerdos de aquellos días.

Por increíble que parezca, lo nuestro es algo que todavía repercute en mi vida.

Juego de cartas

Una mujer como yo no se ha hecho para ti...
Fedor Dostoievski

La extrañaba furiosamente, con rabia, con la impotencia de quien ha dado lo mejor que tiene y no basta para retener a una mujer a su lado. No le había bastado el tiempo que pasamos juntos. Ella era voraz; insaciable. Yo intenté estar a la altura de sus exigencias. Pero fue demasiado. Terminé por vaciarme, por sentirme asqueado de mí. Para cuando me dejó no tuve fuerzas más que para implorarle medrosamente que no lo hiciera. Fue inútil. Ni siquiera pude llorar cuando se fue.

Así que allí estaba yo, sentado a la mesa, jugando solitario con unos naipes que me habían obsequiado. Intentaba mantener mi cabeza ocupada en asuntos sin importancia, en aquellos juegos azarosos que se parecían tanto a la vida. A veces me daba por reflexionar cosas que me parecían profundas. Comparaba el juego con la vida. Y es que algunas partidas que empezaban de forma prometedora terminaban arruinadas por culpa de una carta, de un movimiento. Uno sólo. Y no podía hacerse más que reiniciar el juego. Ojalá así hubiera sido con ella. Las cosas pudieron ser de otro modo entre nosotros.

Ocupaba mi mente en aquellos juegos, pero también pensaba en cosas estúpidas. Una vez me encontré calculando con la vista la longitud de la mesa; también conté los clavos que se requirieron para ensamblarla, o los maderos que se ocuparon para hacer las sillas. Otras veces, mientras jugaba, recordaba fragmentos de nuestra relación y las narraba en mi mente como si fuesen un relato. Hubiera escrito algunas de esas líneas. Eran realmente buenas. Pero me quedaba allí, como estúpido, mirando las cartas pasar. A veces terminaba de jugar hasta las tres de la mañana. Y así se me iban las noches.

Por aquellos días no hacía más que jugar a los naipes y extrañar como un loco a Sonia. Podría haberme levantado para salir a buscarla. Habría sido lo más sencillo, lo lógico. Imaginé todo aquello que podría decirle, las palabras precisas que seguramente la traerían de vuelta conmigo. Sin embargo, preferí quedarme en casa a ver cómo me desmoronaba por dentro. Era curioso verme llegar cada vez más abajo. Cuando pensaba que no podía romperme otro poco terminaba por sorprenderme.

Durante meses estuve casi seguro de que volvería. Pero no fue así.

Ella siempre quiso más de mí. Primero fue mi atención. Quería que estuviera pendiente de ella, que la llamara, le escribiera constantemente, que fuera a su casa por ella para salir a algún lado. Luego necesitó más. Le molestó que tuviera amigos, que me reuniera con mi familia. Al final reclamó mi alma, pedazo a pedazo. Quería saberlo todo de mí. Se metió en mi cabeza. Destripó mis mejores recuerdos frente a mis ojos como un forense lo haría con un cadáver. Analizó mi forma de ser según su entendimiento. Definió mi personalidad, la amoldó a su antojo. Fui presa de sus caprichos sin darme cuenta. Y yo, que al principio sólo la quería para follar de vez en vez, para tener con quien charlar, con quien salir a ciertos lados, me dejé embaucar como un tonto. No me figuraba que nuestra relación llegaría a tanto.

Al final, y como de cualquier capricho, se hartó de mí. Cuando consiguió lo que quería me botó como una cosa vieja de la que perdió el interés. Necesitaba a alguien a quien mangonear a placer de nuevo. Era como un reto para ella. Yo ya estaba acabado. No podía ofrecerle nada más. Por dentro estaba tan lleno de ella que no tenía espacio ni para mí. Mis pensamientos, mis gustos, mis propias ideas estaban impregnadas de su esencia. Respiraba y comía a Sonia. Incluso cuando meaba o me masturbaba ella estaba allí. Cuando se marchó fue cuando más me pesó su presencia. No podía apartarla de mí ni un momento. Quería tenerla conmigo de vuelta y al mismo tiempo quería deshacerme de todo lo que me había dejado. Su olor en la cama, en mi ropa, en mis cosas, aún era tan penetrante que no conseguía quitármela de encima. El único espacio libre que me quedaba era aquella mesa en la que jugaba con las cartas. A ella no le gustaban las cartas. Las consideraba aburridas. Pensaba que sólo los idiotas y los fracasados conseguían divertirse con ellas. Tal vez yo era una de esas cosas, o ambas. Y tal vez por eso estaba así, pensando estupideces a mitad de la noche en lugar de hacer algo con mi vida. Me estaba derrumbando y no hacía nada para impedirlo. Al contrario: era un espectador emocionado a la espera del ansiado desenlace.

—La mejor muerte es la que viene por propia mano —me había dicho Sonia.

—O sea, el suicidio —contesté.

A Sonia le encantaba andar rebuscando las palabras. Pensaba que así se volvía más enigmática. Era una de esas mujeres que te envolvía en su perorata confusa, pretenciosa, simulando siempre el dominio de cualquier tema. Y cuando no lo conseguía sacaba a relucir el tema de la muerte, del suicidio. Era su preferido. Presumía que ella muchas veces había intentado matarse. Y cuando estaba a punto de hacerlo algo se lo impedía. Veía señales divinas en esas interrupciones. Entonces volvía a la vida renovada, siempre dispuesta a conseguirlo al siguiente intento.

Llegué a tragarme todos sus cuentos. Me había heredado su fascinación por la muerte. Hice mía la idea del suicidio como la mejor muerte para un hombre. Y ahora estaba deseando con ganas llevarla a cabo. Hasta en eso estaba ella, en mi deseo de morir. La tenía clavada en la mente.

No podía liberarme de Sonia.

No podía hacerla volver conmigo.

No podía salir de casa.

No podía dormir.

No sabía hacer otra cosa que jugar a las cartas.

Y extrañarla como un necio.

Por dios, Sonia, vuelve antes de que sea tarde.

Tarde para mí.

Los malos tiempos

Oscila la vida del hombre como un péndulo entre el dolor y el aburrimiento...
Arthur Schopenhauer

Era el peor momento de mi vida. Había tenido momentos malos pero ése era, sin duda, el peor. Me levantaba de la cama sólo para mear y comer algo. Pasaba el día mirando las cosas como alelado. Nada parecía importarme ya. ¿Qué razón había para seguir viviendo?

Estaba acabado. No podía escribir nada más. ¿Qué es un escritor que no escribe? Un fracaso. Eso era yo. Así me sentía. De pronto se me venía el mundo encima y no sabía cómo quitármelo. Mis proyectos se caían a pedazos, mis amigos se alejaban de mí. Las mujeres a mi alrededor desaparecían como ahuyentadas por una peste que emanaba de alguna parte de mi cuerpo. Todo lo que quería se me iba yendo y lo poco que tenía lo perdía lentamente. Un hombre puede ser derrotado, pero jamás destruido, había escrito Hemingway. Pero él era un hombre de carácter, un tipo que podía enfrentarse a cualquier clase de reto. Yo no era así. Yo me desmoronaba al primer intento. Al segundo iba yo como un montón de barro amasijado, amorfo, al que cualquier contacto lo destrozaba de nuevo. ¿Cómo iba a ser yo un hombre de carácter? Admiraba a Hemingway, a Bukowski, a Céline. Los leía y deseaba con ganas ser como ellos. Pero no podría conseguirlo.

Estaba harto. Quería salir de mí mismo e ir a cualquier parte. Tampoco podía ser. ¿Qué hacer conmigo? Pensé en la muerte como un remedio, pero volvía al mismo punto: yo no era un hombre de carácter. Para eso hacen falta huevos y mucha determinación. Una vez que te sucede la muerte no hay marcha atrás. Y luego estaba el asunto de la otra vida. ¿Habrá una? Nadie podía asegurarlo. Y si algo me atemorizaba en serio era la incertidumbre. Así que dejé de lado ese asunto y me dediqué a pensar en otras posibilidades. No había muchas. Opté por seguir como hasta entonces lo había hecho.

Un buen día salí de casa arrastrando los pies. Caminé dos calles sin saber qué haría en la siguiente movida. No tenía adónde ir. Ni quería llegar a lado alguno. Di vueltas por el vecindario como el idiota que era y me topé de frente con alguien a quien conocía.

—¿Tienes planes para mañana? —me preguntó.

Pensé que las cosas mejorarían un poco. Cualquier contacto con alguien me serviría para despejar mi atribulada mente de las cosas que venía pensando.

—No —respondí.

—¡Qué bueno! ¿Podrías cuidar a mi perro? Me salió algo urgente y no tengo con quién dejarlo.

Quise decir que no me interesaba pero terminé aceptando. Me dio las llaves de su casa y me dijo que me diera una vuelta por allí a eso de las diez.

—De acuerdo —dije.

Al día siguiente me levanté de la cama después de las doce. Tenía un mensaje en la contestadora. Era de aquella persona, la dueña del perro, que me dejaba encargado al animal. «En fin —decía al final del mensaje—, tienes las llaves de la casa. No tardes mucho. Rufo se pone nervioso cuando no ve a nadie». Pinche gente mamona que trata a sus animales como personas, incluso mejor. Borré el mensaje. Salí de casa a las dos.

Cuando llegué el puto perro ladraba desesperadamente desde el interior. Pateé el zaguán para que se callara. Resultó peor. El animal empezó a ladrar con rabia. Abrí la puerta y me encontré con un perro negro que gruñía agazapado en un rincón del minúsculo patio. La puerta de la casa estaba abierta para que pudiera entrar y salir a su antojo. Me acerqué a él; el perro me lanzó una dentellada. Me eché para atrás y le solté una patada. Se hizo bolita y chilló de forma lastimera. A mí ningún animal iba a ponérseme loco. Entré a la casa y me senté a ver televisión. La apagué luego de un rato. Encendí la radio y puse algo de jazz.

A las dos horas estaba harto de estar allí. ¿Por qué acepté? Encontré un recado en el refrigerador en el que me pedían pasear al perro antes de la hora de comida. Arrugué el papel y lo eché a la basura. Tomé la correa y se la puse a Rufo, que seguía agazapado y medroso en una esquina del patio. Lo saqué a la calle a tirones. Luego de varios intentos empezó a andar a mi lado. Aquello parecía ir bien. Entonces, ya con confianza, el pinche perro se dedicó a andar más rápido que yo, a olisquear aquí y allí, a mear en los postes, a cagar en la banqueta cada cierto tramo. Le di un puntapié para que se estuviera quieto. Lo amenacé y le dije una sarta de pendejadas como si pudiera entenderme. Pareció funcionar. Caminamos otro poco y decidí que era suficiente. Yo ya no quería seguir con aquel estúpido paseo.

Le dimos la vuelta a la cuadra para regresar a la casa. Rufo tenía las orejas agachadas y caminaba con la cola entre las patas. Sentí ganas de darle un puntapié en el culo pero recordé que no era mi perro, por lo que me contuve. Fue un alivio porque en ese momento caminaba frente a nosotros una muchacha con buenas piernas. Al ver al perro amedrentado se detuvo junto a él y se agachó para acariciarlo. Le habló con voz mimada. Luego volteó a mirarme.

—¿Cómo se llama?

—Gabriel.

La muchacha sonrió.

—Mucho gusto, Gabriel, pero preguntaba el nombre del perro.

Pinche gente mamona que se interesa primero por los perros y luego por las personas. Si por mí fuera, el pinche perro se llamaría Pincheperro y no tendría problema.

—Rufo —repuse.

—Es muy lindo —dijo—. Nada más que parece asustado. No deberías sacarlo cuando esté así. Podría hacerle daño a alguien. O lastimarse él mismo.

Era cosa que no me importaba. Ni siquiera era mi perro. Pero las piernas de esa muchacha eran tan lindas que preferí quedarme callado. Además, hacía mucho que nadie se paraba para hablar conmigo así de repente, de la nada.

—Gracias —dije.

Volvió a inclinarse para acariciar al perro y despedirse de él. Rufo movió la cola, sacó la lengua, ladró. Parecía contento.

—Bueno, Gabriel, adiós. Cuídalo, es un perro muy lindo.

Levantó la mano y emprendió la marcha. Yo me quedé parado como idiota mirándole el culo. Me dieron ganas de alcanzarla para preguntarle su nombre. Quería seguirla. Habría dado cualquier cosa en ese momento con tal de estar con ella. Pero la vi alejarse sin hacer nada. Dobló en la esquina y la perdí de vista. Regresé con Rufo a casa.

Cuando su dueño volvió lo primero que hizo fue saludar al perro. Yo estaba echado en el sillón imaginando cosas acerca de la muchacha de las lindas piernas. No me demoré. Salí a la calle casi de inmediato. Caminé esperando encontrarla de nuevo. ¿Qué haría si la volviese a ver?

Llegué a mi casa. Había una gran mierda en la banqueta, a una orilla de mi puerta. ¡Pinches perros, hijos de puta! Y también sus dueños. Miré aquella monstruosidad hedionda con asco. En cuanto vea al perro que vino a cagarse lo voy a patear hasta que se arrepienta de haber nacido con fundillo por donde cagar, pensé. Entonces escuché un ladrido. Volví la cabeza y lo encontré. Era un pastor alemán grande, peludo. Avancé hacia él. Entonces salió de la puerta vecina la chica de las lindas piernas. Me detuve en seco. Ella me miró y pareció sonreír.

—Hola de nuevo —dijo.

—¿Es tu perro? —pregunté.

—Sí.

—Acaba de cagarse frente a mi puerta.

—¿Es tu puerta? Lo siento. Ya iba a recogerla. Mira —dijo, mostrándome una bolsa de plástico.

Avanzó hacia mi puerta y metió la mierda en la bolsa.

—No sabía que vivieras aquí —dijo.

La miré sin saber qué decirle. Era tan fácil pero no sabía cómo hacerlo. Estaba como idiotizado mirándola. Cuando vio que no me decidía dijo:

—Bueno, adiós otra vez.

Se metió a su casa con su perro y cerró la puerta. Yo abrí la mía y entré sin lograr decidir si escribiría esta estúpida historia o si debía masturbarme pensando en ella.

La consulta

Llegué temprano a mi cita. Por lo regular llegaba al consultorio de mi psicoanalista pasadas las once de la mañana. Pero aquel día llegué un poco antes, unos cinco minutos. Tal vez más. No importa. Me senté en la sala de espera que tenía un par de sillas, una mesita, alfombra marrón y unos cuadros extraños y descoloridos en las paredes. Cruzaba esa estancia cada semana y hasta entonces le presté atención. Me senté en una silla a hojear una de las tantas revistas que había.

Dio la hora. La puerta del consultorio se abrió y un tipo salió con mi terapeuta. Se despidió de ella extendiéndole la mano, gesto que la doctora imitó. El tipo se fue sin mirarme. La terapeuta puso cara de sorprendida al verme a tiempo.

—Pasa —me dijo—. Y cierra la puerta.

Se sentó en un sillón reclinable, que no parecía muy cómodo por lo desgastado, y se cruzó de piernas. Contemplé aquel movimiento como en trance y ocupé una silla de mimbre frente a ella. Su consultorio estaba en el tercer piso de una de las colonias más caras de la ciudad. Por fortuna, su consulta no lo era tanto. Acudía a ella cada semana a una sesión de una hora para platicarle los problemas que, en su mayoría, me inventaba. La verdadera razón por la que iba era para ver a la terapeuta, una mujer entrada en los cuarenta, madura, teñida de pelirrojo, y con unas increíbles piernas. Calzaba zapatos altos, a veces abiertos. Usaba faldas entalladas y por arriba de las rodillas. No usaba medias. Eran unas hermosas piernas las que tenía, dignas de ser contempladas.

—Y bien, ¿cómo has estado? —dijo poco después de revisar sus notas, dando por iniciada la sesión.

—Verá, doctora —comencé—, hace días que no duermo bien.

—¿Te pasa de nuevo?

—Sí. Hay algo que no me deja.

Se quitó los anteojos y me miró con intriga. No era guapa en realidad, pero poseía sus encantos. De busto discreto, piel clara, manos delgadas, labios gruesos, una buena cintura. Me sentía mucho mejor estando allí que solo en casa mirando televisión.

—¿Qué ocurre ahora? ¿Hay algo que me quieras platicar?

—El estrés, doctora —respondí—. No consigo convencer a ningún editor para que publique mi libro. Estoy desesperado. Ya no sé qué hacer.

Hacía ocho meses que acudía a terapia con ella. Al principio sufrí de depresión por el asunto de las editoriales y mi libro. Tanto rechazo no es saludable. Creía que mi trabajo era tan malo que a nadie le importaba lo que escribía, pero luego hice un experimento que me quitó esa preocupación. Envié la copia de un libro de éxito en ventas con algunos cambios, dejando intacta la historia y su desarrollo, y lo presenté como mío a la editorial que lo había lanzado al mercado. Semanas después, cuando me llamaron, dijeron que no era lo que buscaban, que mi trabajo carecía de calidad, y lo rechazaron. Comprendí entonces que lo primero en lo que se fija una editorial es en quién escribe el libro, no en lo que contenga.

El método de mi terapeuta era poco ortodoxo. Solía escuchar mis problemas los primeros quince minutos de la sesión y luego soltaba la lengua comparando lo que me sucedía con su propia vida, haciendo un monólogo de teorías y conceptos de superación personal que culminaba poco antes de la hora. Por eso tuve que hacer aquel experimento con la novela, porque comprendí que ella no me ayudaría a salir de mi depresión. Con el tiempo me hice a la idea de que en insistir estaba la clave para que me publicaran. Así que seguí yendo sólo para verla. Para verle las piernas, en realidad. Fantaseaba con ella y me masturbaba soñando con poder cogérmela en su consultorio. Algún día, me dije, y comencé a hacerme el propósito de lograrlo.

La doctora esperó a que le terminara de contar mi problema aunque en realidad esperaba el momento en el que mi relato le diera la oportunidad de explayarse. Tenía que seguirle el juego, pero debía llevarlo a terrenos que me convinieran para conseguir (o al menos insinuar) ese tan deseado acostón de mis fantasías. Para eso iba a terapia. Y sólo para eso estaba dispuesto a pagarle la consulta. Habría sido más sencillo irse de putas. Pero yo quería cogérmela a ella.

—¿Todavía no te responden? —preguntó.

—No, doctora. Y si a eso le sumamos el hecho de que mi vida social es un caos, me pongo peor.

—¿Por qué es un caos?

Mordió una de las patas de sus lentes y se arrellanó en el sillón.

—No he salido con mis amigos desde hace tiempo, ¿sabe? Y hablar de mujeres... hace mucho que no salgo con una.

Frunció el ceño. Pareció interesarle el asunto. Proseguí:

—¿Recuerda que le hablé de Cintia? Bueno, después de ella no ha habido nadie más conmigo. Un hombre puede vivir sin amigos, sin empleo, pero no sin una mujer con la que intime de vez en cuando. Al menos no por mucho tiempo.

Dejó el cuaderno de notas sobre sus piernas. Paseó la mirada por el consultorio y luego miró a la ventana que yo tenía a mis espaldas.

—Eso debe ser terrible —dijo al fin.

—No tiene idea. Una mujer tan guapa como usted jamás podría saber lo que es que nadie se interese en uno.

Sonrió. Creí ver que se ruborizaba.

—Gracias por el halago.

—Es sólo la verdad —continué—. Ya me imagino la cantidad de pretendientes que ha de tener.

—No te creas.

—No tiene que ser modesta —rematé, mirándole las piernas.

Parecía ir bien el asunto. Además, era la primera vez que no le mentía, excepto por lo de guapa. Estaba bien buena, pero no era guapa. Todo lo que le había contado era verdad. De algún modo lo era. En especial la parte de Cintia. Ella había sido mi novia hacía un par de años, pero me dejó por otro. Era de gustos caros y yo no tenía ni un peso para gastar. Se aburrió pronto de mis paseos por los parques y los cafés de El Jarocho. Entonces la cortejó un tipo adinerado que la impresionó con salidas a lugares lujosos en su auto deportivo. Me dejó así de rápido. No hay mujer que no se deslumbre con el brillo de la riqueza. No la culpo, yo también lo habría hecho. Pero como fue ella quien me abandonó la maldije durante varios meses. Luego dejó de importarme. Así que desde entonces no tenía una mujer en mi vida con la que pudiera joder de vez en cuando.

—No debes desanimarte —respondió luego de un silencio entre ambos . La vida es larga y allá afuera hay alguien que espera por ti.

—No me creo ese cuento.

—Es por eso que no la encuentras. Eres muy negativo.

—En eso estoy de acuerdo.

Se levantó del sillón y se sentó a mi lado. La alfombra del consultorio amortiguó el taconeo de sus pasos. Me tomó de la mano y dijo:

—Debes ser más optimista. De otro modo te negarás la felicidad que te mereces. Todos nos la merecemos, sólo que poca gente está preparada para aceptarla. Yo era como tú, ¿sabes? Me sentía la mujer más sola del planeta, abandonada, y que nadie se fijaba en mí...

Aquí vamos, pensé. Bajé los ojos y me le quedé viendo a las piernas. La falda se le había subido un poco mostrando apenas el nacimiento de unos muslos blancos y carnosos. Me mordí el labio como para saborearlos.

—... pero entonces comprendí que nada nos llega hasta que estamos preparados. Estar de malas todo el día, pensando en lo que no tenemos, nos aleja de aquello que queremos realmente. Hay que trabajar la mente para alcanzar nuestras metas. ¿Has oído de la Programación Neurolingüística?

Claro que la había oído. Ya me había hablado de eso en sesiones anteriores. Me hice el desentendido porque era uno de esos temas que ella solía disfrutar. Demostraba una gran pasión por ese asunto que a mí me parecía una grandísima estupidez.

—Debes programar tu mente para conseguir lo que deseas. Sólo así te moverás en dirección al triunfo. ¿Has oído hablar de la Ley de Atracción? Uno llama lo que piensa. Si piensas cosas malas, te sucederán cosas malas. Pero si piensas cosas buenas, verás cómo poco a poco se te irán dando.

Dejé de escucharla después de aquella idiotez. Me concentré en sus piernas y traté de desnudarla con la vista. Allí estaban esos muslos duros y jugosos que parecían echar lumbre. Tendría que ser increíble estar en medio de ellos, sentirlos aferrarse a tu cintura, rodeándote, mientras tú la penetras. Luego me la imaginé en cuatro, dándole por atrás. Esas piernas remataban en un hermoso culo redondo, bien formado, que se estilizaba con los zapatos altos que usaba. Quería morderle una nalga, las tetas, acariciarle los muslos, besarle las piernas. Comencé a tener una erección. Ella me sostenía la mano y me hablaba muy cerca. Tenía unos labios carnosos, como para una buena mamada, pensé. Me crucé de piernas para disimular mi excitación. La tenía a mi lado, la mujer de mis fantasías masturbatorias, y no me atrevía a echármele encima.

—Doctora —dije al fin para interrumpirla—. Tengo que decirle algo importante.

—Tendrá que esperar. Por hoy hemos terminado.

Se levantó de la silla de a lado y se acercó a la puerta. Yo la miré sin quitarle los ojos de encima. Tenía la boca seca y una erección que comenzaba a menguar. Me levanté como pude y caminé hacia ella.

—Hasta la próxima —dijo, y extendió la mano.

—Sí —respondí—. Hasta pronto.

Salí del consultorio maldiciendo mi falta de arrojo. ¿Hasta la próxima? ¡Puras chingaderas! Mejor me ahorraba lo de la consulta y me iba con alguna puta de vez en cuando. No habrá una próxima vez, pensé. Bajé las escaleras del edificio y salí a la calle. Miré a su ventana, al tercer piso, y le menté la madre.

Ya en casa recordé lo buena que estaba. Me masturbé varios días con la alucinación que tuve en su consultorio luego de imaginármela desnuda. Tengo que darme otra oportunidad, me dije, y esperé impaciente a que llegara de nuevo el día de mi consulta.

Un buen momento

El pensamiento del sexo como algo prohibido me excitaba más allá de toda razón. Era como un animal aplastando a otro hasta la sumisión.

Charles Bukowski

Yo ya no buscaba involucrarme con aquella mujer. Las cosas se dieron de un modo extraño que me fue imposible no tomarlas. Es cierto que la deseaba, pero la suponía inalcanzable para mí. Una mujer quince años mayor que yo que me veía todavía como a un muchacho a pesar de que acababa de cumplir veintiséis años. Detestaba eso. Sabía muy bien lo que sentía por ella. No obstante, solía abrazarme de cuando en cuando como para apaciguar mi ímpetu y para darme a entender que no le interesaba meterse conmigo. Estaba desesperado porque llevaba meses buscándola. En cada reunión a la que asistíamos yo le insinuaba cosas que ella rechazaba con sonrisas esquivas o gestos maternales, como la reprimenda de una madre noble a su hijo rebelde. Harto de esa situación me había rendido a conseguir algo con ella. Miriam, se llamaba.

Era una fiesta. No recuerdo lo que festejábamos pero coincidimos en el mismo lugar. Había cerveza a montones y botellas de vino y ron y whisky. El lugar estaba bastante concurrido. Se adaptó un lugar al centro de la habitación como pista de baile. Varios se meneaban al ritmo de la música con los brazos al aire o en parejas que se tomaban de las manos, de las caderas. Miriam no se me acercaba. Bebía constantemente cubas de ron acompañada de su esposo. Yo, desde un extremo de la habitación, sentado, platicando ocasionalmente con alguien, la miraba levantarse a servir sus tragos o a bailar con él en la pista. Esa noche no le di la importancia que le había dado en otras ocasiones. Me dediqué a lo mío: a beber cerveza y a mirar a la gente. No sé por qué estaba yo en esa fiesta. Tal vez me habían invitado insistentemente. De otra forma no habría ido a desperdiciar mi tiempo de ese modo.

La fiesta comenzó a decaer. Eran casi las cuatro de la mañana. La mayoría de los asistentes estaban bastante borrachos. Algunos apenas podían sostenerse en pie. Otros se quedaban dormidos en sus asientos improvisados, en el suelo, recargados en algún lado. Hubo quienes empezaron a irse. A esa hora no había forma de que yo me marchara también. Las cervezas se me estaban subiendo a la cabeza. Sin embargo, me encontraba bien.

Miriam apareció de pronto. Estaba sola. Al parecer su esposo había caído borracho y se había dormido. Ella quería seguir pasándola bien. Se acercó a la mesa de las botellas y se sirvió una raquítica cuba con el poco ron que quedaba. Miró en derredor y me encontró sentado, solo, bebiendo mi cerveza que, por fortuna, todavía abundaba. Se me acercó sonriente y se sentó a mi lado. Alzó su vaso y brindó conmigo.

—Linda fiesta, ¿eh? —dijo.

La miré a los ojos. Parecían pesados, tal vez de cansancio, supuse.

—Claro —respondí sólo por decir algo.

Bebimos sendos tragos y nos quedamos en silencio viendo bailar a una que otra muchacha. Todas estaban muy borrachas. Gritaban y se meneaban de una forma incansable.

—Es lo bueno de ser tan joven, ¿no? —dijo Miriam, señalando con un gesto a las bailarinas.

—Supongo. Siempre y cuando te guste bailar.

—¿Tú no bailas?

La miré burlonamente.

—Por supuesto que no —dije llevándome la botella a los labios.

Miriam se levantó, dejó el vaso en su asiento y me jaló del brazo.

—Sácame a bailar —me ordenó.

—Estás loca.

Insistió. Me dio un tirón del brazo que casi me hizo tirar la botella de cerveza. Se lo reclamé. A ella no le importó. Tuve que levantarme para que dejara de jalonearme. Me llevó a la pista y comenzamos a movernos al ritmo de la música. ¡Qué ridículo me sentí! La música era patética y estúpida. Miriam parecía disfrutarlo. Daba brinquitos y levantaba los brazos al aire. Yo rebotaba en uno y otro pie nada más por hacer algo. No sé cuánto estuvimos haciendo lo mismo hasta que la música cambió. Me tomó por la cintura y me bailó así un rato. Se me acercaba cada vez más. Se dio la vuelta y me restregó el culo. No me esperaba aquello. Desconcertado, mi primer instinto fue alejarme de ella. Pensé que había sido un movimiento accidental y que el roce lo tomaría como una ofensa. Pero no. No me dio tiempo de reaccionar cuando comenzó a menear las nalgas contra mí de forma insistente. Se irguió completamente y puso sus manos en mi nuca, de modo que mi boca rozaba su oreja, y cuando volteaba, su boca rozaba la mía. Cerró los ojos y dejó llevarse por la música.

La pista terminó. Hubo un silencio desconcertante. Se alejó de mí y me miró con asombro. Regresamos a nuestros lugares y bebimos algunos tragos en silencio. Yo estaba como idiotizado. Por más que trataba de decirle algo, acercarme de algún modo, lo único que conseguía era hundirme más en mis fantasías. Sabía que tenía que actuar. Era ahora o nunca. La oportunidad que por meses había buscado se me presentaba allí, con una Miriam accesible, distinta a como solía ser siempre conmigo. Y ella lo sabía. Tal vez por fin se había liberado de los tapujos que le impedían acercárseme con las mismas intenciones que yo tenía con ella. Bajó la guardia un instante y en ese momento se dió cuenta que también me deseaba. Era tan confuso y extraño que ninguno de los dos supo cómo actuar.

La música se reanudó, pero Miriam ya no quiso que bailáramos. Nos miramos al mismo tiempo como para preguntarnos qué sucedería después. Comprendimos que ambos estábamos asustados y confundidos; no pudimos retener una risa nerviosa que rompió el silencio entre nosotros. Tomamos nuestras bebidas y brindamos de nuevo sin saber por qué. Cuando nos las terminamos, me ofrecí a servirle un nuevo trago.

—Creo que no queda nada —dijo.

—Sobran cervezas en el refrigerador.

Aceptó la botella que le ofrecí y bebimos otra vez. Me tomó de la mano y se recargó de mi hombro. La besé en la cabeza, aspiré su aroma. Murmuró algo que no comprendí. Se levantó del asiento y se fue. Yo me quedé sentado otro poco tratando de descifrar lo que había dicho por lo bajo. Fue imposible. Saqué un cigarro maltratado de mi bolsillo y me lo llevé a los labios. Me levanté para buscar fuego. Entré en la cocina, prendí la estufa y lo encendí. Aspiré una gran bocanada. No había nadie allí. Era tan reconfortable estar solo que me estiré con gusto mientras exhalaba otra bocanada de humo. ¿Dónde estará Miriam?, me pregunté. No quería perder la oportunidad de estar con ella. Salí de la cocina a buscarla. Y en lo que estuve allí, la poca gente que quedaba se marchaba. Apenas quedábamos unos cuantos. Algunos de ellos dormidos. Busqué a Miriam con la vista sin encontrarla. ¡Chingada madre! Con que no se haya ido a dormir, pensé, porque entonces sí la habré cagado. Recorrí las habitaciones sin encontrarla. Escuché ronquidos por todos lados. Sólo me faltaba buscar en el baño. Fui y toqué la puerta. Nada. Insistí.

—Ya voy —dijo Miriam desde dentro.

—Soy Gabriel —respondí.

Hubo un silencio. Entonces sentí que el pecho se me partía por la mitad a causa de mis latidos. Era como un tambor de guerra que anunciaba la inminente batalla. Estaba a un paso de mi oponente y las ansias me impulsaban a arrojarme al ruedo. Era la pelea de la vida contra la muerte la que me vigorizaba, y al mismo tiempo, me asustaba. Puse la mano en la perilla y la giré. No tenía el seguro puesto. El pecho se me desbordó antes de empujar la puerta. Aspiré con dificultad para decidirme a hacerlo. Cuando lo hice fue una revelación, como la tierra prometida que dios mostrara a los paganos: una visión deslumbrante, cegadora, casi irreal. Miriam, con el cabello revuelto, las ropas ajustadas, frente al espejo, me echó una brevísima mirada que no era un reproche por entrar de esa forma a un lugar privado.

—Dije que ya voy —dijo con el labial en la mano.

Entré y cerré la puerta con seguro. Miriam siguió en lo suyo, como si ya esperara que esa fuera mi reacción. Me le acerqué por la espalda y le acaricié los brazos. Le besé detrás de la oreja. Suspiró cuando sintió que me arrimé a su cuerpo. Meneó la cintura restregándome el culo de nuevo. Le recorrí los brazos hasta las manos y de regreso hasta sus pechos. Suspiró. Comenzamos a besarnos. Entonces giró y de frente a mí comenzó a sacarme la ropa. Yo hice lo mismo. Le besé el cuello, las tetas. Le metí mano en la trusa y acaricié su pubis que de inmediato se humedeció. Ella buscó entre mis calzones mi miembro que comenzaba a endurecerse. Así nos estuvimos un rato.

Ella me sentó en la taza y abrió las piernas. La penetré sin complicaciones. Comenzó a moverse con movimientos rápidos y circulares. Me pidió que le mordiera los pezones. Yo obedecí. Estaba viviendo una ilusión que no acababa por creerme. De pronto se detuvo, se puso de pie y me dio la espalda.

—Méteme la lengua —pidió.

Lo hice. Haría todo lo que me pidiera. Si hubiera querido que me hincara, lo haría sin pensarlo. Si quería azotarme, que lo hiciera. Quería que le metiera la lengua, los dedos, un puño incluso, podía hacerlo. Así que me dediqué a chuparle el coño, a meterle el dedo. Gemía constantemente. Y para mi sorpresa, lo que quería era que yo la azotara. Así que le estampé la mano en las nalgas una y otra vez. Me pidió más. Lo hice hasta que la carne le quedó roja. Dio media vuelta y se hincó frente a mí. Se metió mi verga en la boca y comenzó a chuparla. ¡Dios! Me la estaba pasando de lujo allí dentro con Miriam.

Entonces llamaron a la puerta. Nos quedamos paralizados. No supimos si responder o dejar que el intruso se fuera por propia cuenta. Pero trataron de forzar la puerta. Giraron varias veces la perilla sin conseguir abrirla. Volvieron a tocar.

— Miriam, ¿estás ahí?

Era su esposo. Rígidos, asustados, nos vestimos lentamente. Él volvió a insistir con golpes en la puerta. Entonces Miriam respondió al llamado.

—¡Ya voy! —gritó.

Me miró nerviosa y me besó en señal de despedida. Se retocó un poco frente al espejo antes de abrir la puerta. Yo me eché lo más atrás que pude para que no me viera. Apagó inmediatamente la luz y salió al pasillo. Escuché que se disculpaba por quedarse dormida dentro del baño. Se alejaron rápido. Yo me quedé inmóvil otro rato con la ropa mal puesta, con la erección medio desinflada, hasta que pudiera regresar a la habitación principal sin correr riesgo alguno.

Pasó un buen rato. Salí tranquilo, repuesto y arreglado. No quedaba nadie en pie. La música no había cesado, por fortuna. Tal vez eso haya disimulado nuestro ruido en el baño, pensé. Salí al patio a tomar un poco de aire. Miré mi reloj: eran las seis de la mañana. Decidí no regresar al interior de la casa. Me sacudí el cansancio y salí a la calle. El cielo comenzaba a clarear levemente.

Tal vez en otro momento pueda reanudar mi encuentro con Miriam, me dije con precipitado optimismo pensando que ella habría de querer lo mismo.

La muchacha pálida

Nadie quiere amor auténtico, odio auténtico. Nadie quiere que metas la mano en sus sagradas entrañas...

Henry Miller

Aquella mañana había discutido de nuevo con Amalia. Tuvimos una gran pelea por alguna estupidez. Creo que estábamos borrachos todavía de la noche anterior. Nos gritamos tantas cosas que no recuerdo de lo que se trataba. Sólo sé que parecía algo serio. Una cosa llevó a la otra y yo terminé en la calle. No sabía qué hacer o adónde ir. Así que caminé sin rumbo.

Era invierno al mediodía, y aunque el viento estaba helado, el sol era intenso. De algún modo terminé en un pequeño parque. Me detuve, con la resaca a cuestas, para sentarme en una banca bajo un gran árbol. Necesitaba descansar, reordenar mis pensamientos, mirar el conflicto que tuve con Amalia desde otro ángulo para entender lo que había sucedido. Tal vez lo mejor sería terminar, me dije. Nuestras riñas eran cada vez más violentas y frecuentes.

Luego de un rato alguien se detuvo frente a mí.

—¿Samuel? —preguntó.

Era una muchacha delgada, pálida, con el pelo y las ropas descoloridas. Todo en ella parecía indicar un terrible abandono. Levanté pesadamente la mirada; tenía dolor de cabeza y los ojos irritados. La miré un segundo pero me bastó para comprender que dentro de ella había un gran vacío. Tal vez era la ausencia de cordura. O tal vez era que en realidad le faltaba algo. Se veía tan frágil en ese momento. Supuse que si me negaba a ser Samuel podría romperse allí mismo o ponerse histérica. O probablemente no habría pasado nada y ella hubiera seguido su camino.

—Eso creo —respondí.

Sonrió.

—¡Samuel! ¡Te he buscado desde hace mucho! —dijo.

Se sentó a mi lado y me tomó de la mano. Estaba fría, igual que yo.

—No puedo imaginármelo —respondí.

Se sentía tan feliz por haberme encontrado que no podía dejar de llevarse la mano a la cara para reprimir alguna sonrisa nerviosa. Entonces me contó parte de su historia, cómo me había ido sin decirle adiós una tarde de hace tiempo. Desde entonces me había buscado por todos lados. Lo curioso es que, mientras hablaba, me sentí un miserable a pesar de no haber cometido nada de lo que me decía. Fue absurdo pero no pude evitarlo.

—¿Por qué te fuiste sin decirme nada? —dijo.

—No lo sé. Tal vez porque estoy loco, supongo.

Eso tenía que ser. No había otra explicación.

Rió. Pero aquella no fue sino una risa de amargura, como si mi explicación fuera lo suficientemente lógica para justificar tal acto, o como si nunca hubiera pensado en eso. Sus manos delgadas temblaron. Se quedó callada un buen rato, mirando hacia algún punto lejano. Yo aproveché ese tiempo para observarla detenidamente.

Sus ojos eran de un color azul pálido, opacos, tristes.

Su pelo era rubio, algo cenizo. Lo tenía revuelto, como si acabara de levantarse de la cama. A través de la piel de las manos podían vérsele algunas venas de color verde. Su gesto era duro, sombrío; su nariz, delgada, respingada. Sus labios eran apenas una línea en su cara, sin color, pero parecían suaves y cálidos. No era precisamente guapa pero había algo en ella que me fascinó. Yo no parecía ser su tipo de hombre. Por lo regular mujeres así ni siquiera volteaban a verme. Y yo las despreciaba por eso.

Contemplarla me hizo olvidar mis malestares por un momento. Esa muchacha estaba ofreciéndome la posibilidad de ser otro, de olvidar mis problemas para empezar de nuevo y hacer bien las cosas. No podía desaprovecharla. En cambio, si pensaba en Amalia, nuestra historia era tan larga y complicada que parecía imposible solucionar nuestro verdadero conflicto: éramos profundamente diferentes. Quizá demasiado. ¡Dios mío! ¿Por qué comprendía eso hasta apenas?

Me levanté de la banca y la invité a caminar. La idea le encantó. Yo necesitaba hacerlo porque estaba a punto de congelarme allí sentado. Dimos algunas vueltas en el parque.

Ella volvía una y otra vez al mismo tema, insistiendo con la misma pregunta: ¿Por qué la había abandonado?

—¿Es que ya no me amas?

Hizo esa pregunta con voz apenas audible. Yo no dije nada. Me limité a caminar con la cabeza baja. Luego me detuve. La miré nuevamente y me pregunté cómo podría alguien no amarla. Ella me miró con insistencia hasta que se le humedecieron los ojos. Parecía suplicarme una respuesta. Esa pregunta la atormentaba desde hacía tanto.

—Perdóname —dije secándole una lágrima.

No era lo que esperaba pero sirvió para tranquilizarla un poco. Al menos no volvió a insistir en el tema.

El verdadero Samuel debió darse cuenta en seguida de su locura y eso lo habría asustado. No estaba listo para ella. Así que se largó en cuanto pudo. Su pérdida debió haberla destrozado, acentuando su locura a tal grado de reconocer a Samuel en mí. Ahora que lo pienso, pudo haber sido cualquiera. Lo más probable es que en realidad ni siquiera lo recordara ya.

—Estoy cansado —agregué.

—¿Quieres venir a casa a tomar algo?

—Claro.

Necesitaba un trago cuanto antes. También necesitaba sacudirme de encima el cansancio. Los malestares de la resaca me habían regresado haciéndose cada vez más molestos.

Nos dirigimos hacia la avenida, luego doblamos en una esquina, tres calles después, hasta un pequeño portón de madera carcomida. Entramos.

Su casa estaba desordenada. Había trastos sucios en la cocina, ropas tiradas en el suelo de la sala y otras tantas cosas. Olía a humedad, a casa vieja, a moho. Las paredes estaban cubiertas por una capa casi invisible de pintura que desaparecía lentamente. Sobre la mesa del comedor había una maceta con una planta marchita. Era un lugar extraño. Sin embargo, no me sentí incómodo allí dentro. Tan sólo me pareció raro, como un museo lleno de objetos incomprensibles.

—¿Qué quieres de beber? —dijo en voz baja, como si temiera despertar a alguien.

—Una cerveza estaría bien.

Abrió el refrigerador. Una gran peste salió de él. Luego lo cerró.

—No tengo cervezas.

—Entonces un vaso con agua —respondí.

Sacó un vaso de entre lo trastes sucios, lo enjuagó apenas con un chorrito, y lo llenó con agua de la llave hasta el tope. Luego me lo ofreció.

—Toma —dijo con el mismo tono de voz.

—¿Estás sola? —pregunté.

—Sí.

—¿Entonces por qué hablas así?

—No quiero que te vayas.

Me arrojó los brazos al cuello y me besó. Aquel movimiento me hizo tirar el vaso al suelo. El cristal se rompió con estruendo. Yo tomé a aquella muchacha por la cintura y comencé a acariciarla. Ella me besaba con desesperación mientras murmuraba algo. La levanté en brazos y me la llevé a la recámara. Tropecé varias veces con distintos objetos. No pareció importarle; siguió besándome y murmurando la misma cosa.

La eché en la cama y le fui quitando la ropa. Era una mujer estupenda aun en esas condiciones. Ella se dejaba hacer. A veces me besaba con furia, me mordía. Le acaricié los muslos, las tetas. Cada parte de su cuerpo echaba lumbre. Se movía con ansiedad, revolviéndose en mis brazos, como si buscara desesperadamente morir de un momento a otro. Cada acometida era una lucha incesante por tratar de salir de este mundo. Ella y yo, la locura y el cinismo sobre la misma cama bailando la danza de la muerte. Fue una buena cogida.

Quedamos exhaustos. Nos echamos uno al lado del otro jadeando. Ella se acercó a mí y me puso una mano en el pecho.

—¡Ay, Samuel! ¡No me abandones otra vez!

Le acaricié el pelo, sonreí. Cerré los ojos y me quedé dormido.

Desperté horas después, cuando comenzaba a oscurecer. La muchacha pálida dormía tranquilamente a mi lado. Me levanté de la cama con cuidado para no despertarla. Me vestí en silencio. Le eché una última mirada. Luego me fui.

El frío comenzaba a morderme el cuerpo. Caminé deprisa. Quería volver a casa con Amalia cuanto antes. Quizá no todo estaba perdido entre nosotros. En ese momento comprendí que no es el amor lo que mantiene unidas a las personas, es el miedo a quedarnos solos lo que nos lleva a atarnos unos a otros. Como aquella muchacha que buscaría incansablemente a Samuel hasta la muerte. O como Amalia y yo que, a pesar de las riñas, y nuestras acentuadas diferencias, permaneceríamos juntos a través de los años.

Un cuarto de hospital

Tratar de descansar en un hospital es imposible. Yo, por mi parte, los detesto. Si por mí fuera no iría a ninguno nunca. Pero aquella vez tenía que quedarme la noche con papá, a quien meterían al quirófano al amanecer. Lo habían decidido por mí.

Papá compartía cuarto con otro sujeto. Era un francés bastante irritante que hablaba fuerte e incansablemente en un buen español, aunque con acento. Lo acompañaba una mujer pequeña y menuda. Papá me sonrió y platicamos un rato. Luego nos quedamos callados durante las horas siguientes. No era nada nuevo entre nosotros. Mi padre era para mí un personaje extraño al que únicamente conocía a través de lo que me contaron en mi infancia mamá y mis hermanos, después de que se fue de casa. Desde entonces nos veíamos esporádicamente, sin muchas ganas. Y en cada ocasión lo hacíamos con una barrera que nos impedía mostrarnos tal cual éramos. No sabía casi nada acerca de él. Ni él de mí. Y eso no nos preocupaba. Habíamos comprendido que ya era demasiado tarde para intentar conocernos, demasiado cansado. Y no había una razón aparente para cambiar las cosas. Difícilmente teníamos algo interesante que decirnos. Por eso procurábamos no estar solos. Y cuando lo estábamos sucedían cosas como las de aquella noche, en la que sólo comentamos algo acerca del hospital, lo deplorable de las instalaciones, lo malo del servicio. Y nada más. Ni siquiera hablamos sobre su operación. No sabíamos cómo hacerlo.

El tipo francés también se quejaba enfadado del hospital. Comparaba los servicios médicos del lugar con los de su país y no paraba de reprochar la falta de atención. La mujer que lo acompañaba hacía lo imposible por complacerlo. Sin embargo, no consiguió calmarlo.

Papá logró dormirse unas horas después. Yo permanecí despierto. El incómodo sillón reclinable en el que estaba sentado, el trajín intermitente del lugar, las charlas entre médicos y enfermeras me mantenían en vela. Y también el francés que seguía duro y dale con que en París esto o aquello era inadmisible. Al final empezó a insultar como un loco a su mujer. Llegaron algunas enfermeras para ponerle un sedante. Estaban hartas de escucharlo. Todos lo estábamos. Entonces ella, que había soportado la escena de forma estoica, aprovechó esa oportunidad para salir de la habitación.

Pasó un rato. Me levanté del sillón y salí. Las luminarias de los pasillos, el piso, las paredes, toda aquella blancura me irritaba los ojos. Era un paisaje estéril, monótono y violento. Nada de allí estaba diseñado para hacerte sentir cómodo. Me desorienté fácilmente. Luego de preguntarle a distintas personas llegué a un pasillo estrecho y largo que conducía a los baños. Me metí en el de hombres. Me saqué el pijo y eché una meada. Al lado, en el de mujeres, alguien lloraba.

Salimos del baño al mismo tiempo. La reconocí de inmediato: era la mujer del francés. Ella también me reconoció a mí. Cruzamos apenas las miradas. Se cubrió el rostro con las manos como para ocultar la vergüenza de ser descubierta. Yo hice como que no la había visto pero no pude evitarlo. Fue triste verla tan desconsolada en ese lugar que apestaba a mierda. No quería interrumpirla. Sin embargo, le ofrecí un trozo de papel para que se sonara. Me pareció lo más sensato.

—Toma —le dije.

Se secó las lágrimas con la manga del suéter y repuso:

—Gracias.

Eso parecía ser todo entre nosotros. Asentí con la cabeza y traté de alejarme. Entonces, agregó:

—Qué pena que hayan visto ese espectáculo de allá, tú y tu familiar.

Volví a verla.

—Descuida.

Luego de sonarse los mocos, dijo:

—Me llamo Sandra.

—Yo Gabriel —respondí sin saber realmente por qué lo hacía. Entablar conversaciones con extraños no es precisamente uno de mis pasatiempos preferidos.

Sandra siguió con lo suyo, como si aquélla fuera una reunión social.

—¿Es tu papá al que acompañas?

Dije que sí.

—Se parecen mucho —agregó extrañamente complacida por haber acertado.

Necesitaba largarme de allí. El tufo de los baños era insoportable. Además, no quería seguir socializando con aquella tipa. Hice un movimiento con la mano y dije:

—Bueno, me voy.

—Te acompaño.

Caminamos por los pasillos del hospital hasta el cuarto que compartíamos los cuatro. Sandra se fue al fondo con su francés que ni dormido dejaba de rezongar. Yo me quedé al lado de papá en el sillón reclinable y cerré los ojos. Intenté dormir. Fracasé rotundamente.

Con el paso de las horas lo único que conseguí fue desesperarme. Me comenzó a doler la espalda, se me entumieron las piernas. Salí del cuarto otra vez para estirarme. No sabía qué hora era. Al parecer el tiempo se había detenido allí dentro. Siempre la misma intensidad de luz, los mismos ruidos, la misma rutina. Eso hace que cualquiera se desconcierte. Cada minuto que pasa se vuelve eterno. Y esa ya empezaba a ser una noche muy larga para mí.

Una muchacha bajita que trapeaba el piso me echó una mirada extraña. Luego siguió trapeando como si nada. Me sentí incómodo. No quería estar en ese hospital. El lugar era horrible, deprimente, poblado de ruidos y lamentos que me tenían desquiciado. En ese momento pasaron muchas ideas por mi mente. Pensé en irme, así, sin más. Y estuve a punto hacerlo. Pero a esa hora no tenía adónde ir ni forma alguna de llegar a casa. Estaba atrapado. No me quedó más opción que resignarme y aguantar a que amaneciera. Además, lo menos que podía hacer por papá en ese momento era acompañarlo hasta que lo metieran al quirófano. Después sería problema de alguno de mis hermanos. Ya nadie me necesitaría en ese lugar otra vez. Ese pensamiento me consoló tanto que fui a echar otra meada a los baños. El olor que despedían seguía siendo el mismo. Respiré lo menos posible mientras orinaba.

Salí al pasillo estrecho y me encontré de nuevo a Sandra. Parecía esperarme. Sonrió al verme. No le devolví el gesto para que entendiera que no quería iniciar una nueva conversación con ella, así que me limité a hacer un movimiento con la cabeza. No funcionó.

—¿No puedes dormir? —preguntó.

—No.

—Yo tampoco.

Era evidente. Hizo una pausa. Luego, siguió:

—Es imposible hacerlo en un lugar como éste, ¿verdad?

—Ya lo creo —respondí.

Se puso en marcha junto a mí.

Luego de unos pasos me tomó de la mano y me detuvo. Me atrajo hacia ella y comenzó a besarme. No me sorprendió. Tampoco hice nada para quitármela de encima. Dejé continuar a Sandra con lo que hacía para que me dejara en paz de una puta vez. Estaba harto de ella y su estúpida necesidad de socializar con gente extraña. Y también estaba harto del hospital, de su gente ajetreada, de los olores, la blancura de sus pisos, sus techos y muebles, de no poder dormir, de aquel pinche reclinable de mierda y de fingir ante mis hermanos que estaba realmente preocupado por papá. Nos metimos en un cuarto oscuro y vacío; la besé con furia. Le metí mano bajo la blusa, le acaricié los turgentes y rechonchos pechos. Ella me sobó el miembro hasta ponérmelo duro. No había cama, así que la puse contra la pared, de cara al muro, y le bajé el pantalón. Era de carnes gruesas, calientes y húmedas. Me abrí la bragueta y la penetré. No duramos mucho. Apenas unos cinco minutos, creo. Es difícil saberlo. Nos arreglamos las ropas, salimos de nuevo al pasillo y caminamos en silencio rumbo a nuestro cuarto.

Sandra se arrellanó junto a su francés que comenzaba a despertar. Papá seguía dormido. Yo me eché de nuevo en el reclinable, me acomodé lo mejor que pude y cerré los ojos. Me quedé dormido casi de inmediato.

Puta sea mi suerte

Lo que los hombres y las mujeres se hacían mutuamente era del todo incomprensible.

Charles Bukowski

Conocí a Cecilie y a Inés cuando teníamos apenas trece años. Íbamos juntos a la misma secundaria. Aunque me llevaba bien con ellas no éramos lo que se dice amigos. Simplemente las conocía y eso estaba bien para mí. Por su parte, ambas pertenecían al mismo grupo social que, con el tiempo, terminó por separarse. Sin embargo, ellas dos se mantuvieron unidas durante muchos años.

Dejé de tener noticias suyas cuando entré a la preparatoria. Entonces me interesé en el futbol, reprobé un año, me enamoré de algunas muchachas y también hice algunos amigos. Luego salí al mundo real, conseguí varios empleos mediocres de los que me aburrí pronto y que abandoné en cuanto pude. Las cosas no salieron bien. Al final, perdido, sin un proyecto de vida ni dinero en los bolsillos, comencé a escribir. Esos fueron años complicados, años de aprendizaje duro.

Una tarde alguien me envió un mensaje de texto por una red social. Al principio no reconocí a la mujer de la fotografía. Hice un poco de memoria y di con Cecilie. Dijo que me había visto hacía tiempo en alguno de esos empleos que abandoné y, «mira qué casualidad, te vengo a encontrar por aquí». Me escribía para invitarme a una fiesta que estaba organizando junto con Inés, una especie de reunión generacional con antiguos compañeros de clase. De acuerdo, respondí. No tenía nada mejor que hacer, así que fui.

Llegué a la cita a la hora acordada; sólo estaban ellas dos. Nos saludamos con entusiasmo y nos pusimos al corriente mientras esperábamos a que los otros aparecieran: que si esto, que si lo otro, que mira nada más, qué sorpresa, no sabía que escribieras, dijo Cecilie. ¿Y qué escribes?, preguntó Inés. Cuentos, respondí. ¿Infantiles?, dijo. Reímos. Luego de un par de horas entendimos que nadie más vendría. No importa, estamos los que debemos estar, dijo Cecilie con entusiasmo. Inés la secundó. A mí tampoco me pareció mal el asunto. Las reuniones multitudinarias siempre me han parecido irritantes. Abrimos la botella de ron blanco que Cecilie había conseguido y seguimos conversando.

La tarde transcurrió entre recuerdos y bromas hasta que anocheció. Fue divertido, ¿no creen?, preguntó Cecilie. Sí, hay que repetirlo, replicó Inés. Por mí está bien, respondí. Acordamos encontrarnos la semana siguiente. Y así fue durante meses.

Cecilie era extrovertida, animosa, con mucha energía. De tez blanca, alta y rolliza, llevaba casi siempre el cabello amarrado en una media cola. Usaba vaqueros ajustados y playeras coloridas de algodón. Era generosa con nosotros y no escatimaba en gastos cuando nos reuníamos. Solía comprar una botella de ron, vodka o algunas cervezas para compartir en nuestras reuniones. Le gustaba dárselas de culta, pero cuando se le terminaba la conversación, que por lo general era pronto, le daba por hacer alguna locura. Su padre había muerto siendo ella muy joven, por lo que hablaba frecuentemente y con melancolía de él. Y aunque afirmaba que ya había superado su ausencia era evidente que aún le calaba. Y cuando el alcohol se le subía a la cabeza decía cualquier disparate.

Inés, por su parte, era reservada, sumisa. Estaba casada con un tipo al que Cecilie no soportaba ni paraba de tildar de borracho, mantenido y misógino. Y en buena medida lo era. Tenía un hijo de tres años al que su marido casi no veía. Bajita de estatura, Inés tenía la tez morena y el cabello desordenado. Su risa era contagiosa: una vez que empezaba a reírse no podía parar. A primera vista podría pensarse que era una mujer alegre, pero en cuanto comenzabas a platicar con ella te dabas cuenta de que más bien era una mujer frustrada. Se hacía cargo de los deberes de la casa de su suegra, lugar en el que vivía desde el inicio de su matrimonio, a pesar de que ellos ocupaban apenas un cuarto en aquel lugar. Todo mundo parecía dirigirle la vida: su marido, su suegra, su cuñada..., le decían qué hacer, cómo y cuándo. Inés como que ponía resistencia pero al final terminaba haciendo lo que le decían. Varias veces nos contó que ya estaba harta de esa situación.

—¡Ya te dije que te salgas de esa pinche casa! —le repetía Cecilie con insistencia cada que tocaban el tema—. Vamos a buscar un departamento para vivir juntas. Y te traes a tu niño.

—Te juro que esta vez sí me animo —contestaba Inés siempre, convencida únicamente por el influjo del alcohol, aunque nunca se animara a hacerlo.

Por lo regular, nuestras reuniones eran en la casa de la suegra de Inés. No es que nos gustara ese sitio: era por conveniencia. Su marido no aprobaba que anduviera fuera de casa sin vigilar a su hijo. Y para no causarle problemas, nos quedábamos allí, en un rincón, hasta que él volvía de alguno de los tantos trabajos temporales que conseguía y que no le duraban ni dos meses. La mayor parte del tiempo se la pasaba en juergas callejeras con sus amigos.

—La cosa no puede seguir así, Inés —le decía Cecilie—. Ese cabrón es un hijo de la chingada que ni siquiera es un papá para tu hijo. ¿Por qué sigues con él?

Inés le restaba importancia al tema diciendo que pronto lo solucionaría. Pero se hartaba de oírla. Por eso prefería cambiar de tema.

—Es que ¡no mames! —insistía Cecilie—. ¿A poco no es eso una chingadera, Gabriel?

A mí en realidad no me importaba. Si Inés no se ocupaba de sus asuntos yo no tenía por qué meterme en ellos. Quizás era lo que le convenía y se acabó, no había por que darle vueltas a un asunto que era irresoluble desde nuestra posición. Se lo decía varias veces a Cecilie al final de cada reunión.

Las cosas se pusieron ríspidas entre nosotros. Cecilie estaba empecinada en salvar de esa «vida miserable» a una Inés que no hacía nada por cambiar. Yo procuraba mantenerme fuera de sus problemas pero inevitablemente terminaba involucrado.

—¡Ella es mi mejor amiga, y la quiero un chingo! No voy a dejar que siga así, como si nada.

—Lo que haga con su vida no es asunto tuyo, Cecilie.

—Vete a la chingada.

Así se fueron terminando nuestras reuniones.

Una noche Cecilie me llamó por teléfono y me dijo que necesitaba un poco de compañía. Estaba un poco borracha. La invité a mi casa. Trajo una botella de vodka que nos bebimos sin prisa. Parecía que todo marchaba bien. Hacía mucho que no disfrutaba una velada así: tranquila, sin discusiones de por medio.

La noche era cálida y despejada. Salimos al patio. Nos sentamos en un escalón a fumar.

—Lo extraño, ¿sabes? —dijo de repente.

—¿A quién?

—A mi papá.

Nos quedamos callados. Creí que se pondría a llorar. Traté de decir algo para consolarla, pero no se me ocurrió nada. La rodeé con mi brazo; le acaricié la cabeza. Cecilie se me acercó. Pensé en besarla, ¿qué más daba? Parecía lo indicado. Tal vez si lo hubiera intentado lo habría conseguido. Pero me quedé allí, acariciándola, mirando hacia la noche, dándole caladas al cigarro.

Volvimos adentro. De pronto Cecilie tomó sus cosas y se despidió de mí. Traté de retenerla otro poco. Estaba siendo una buena velada. Pero fue inútil. Había tomado una decisión. Me ofrecí a acompañarla hasta su casa, a unas cuadras de la mía.

—Necesito estar sola —dijo.

Y se fue.

Miré el reloj. Eran las dos de la mañana.

Pasaron las semanas. Cecilie no volvió con nosotros, por lo que Inés y yo comenzamos a reunirnos por nuestra cuenta y con regularidad. Decidí ya no entrar a su casa para evitarme problemas. Su marido se ponía cada vez más celoso y me echaba miradas retadoras cuando estaba con ella, así que antes de verla le llamaba por teléfono o le escribía un mensaje para pedirle que saliera. Dejamos de beber y nos dedicamos a fumar en la calle mientras conversábamos. Me gustaba escucharla. Su voz era suave, sincera. Era una mujer sencilla, sin las pretensiones seudointelectuales de Cecilie. Comencé a conocerla mejor. Me contó de sus miedos, sus fantasmas, algunos sueños rotos, su futuro que había sido truncado desde muy temprano. Ella no había querido casarse. Fue su familia quien la *obligó* al enterarse de su embarazo. No amaba a su marido. Tampoco lo soportaba. Sin embargo, estaba allí por su hijo. No quería que viviera una separación traumática.

—Eso no hará más que acarrearte problemas cada vez más graves. Lo sabes, ¿verdad, Inés? —dije yo.

Me miró de reojo como dándome a entender que no necesitaba a otro gilipollas que le dijera cómo vivir su vida. Pero yo no lo estaba haciendo. No me importaba. Más bien, no me correspondía hacerlo.

Era obvio que no me correspondía decirle a Inés cómo debía vivir su vida, pero eso no impidió que comenzara a importarme lo que le sucediera. Me enfadaba su situación. Cometí el error de involucrarme también en su vida, aunque de una forma menos invasiva que la de Cecilie, a quien no vimos más. (Tiempo después me enteré por Inés que habían discutido sobre el mismo asunto y Cecilie, encabronada, salió de su casa mentando madres. Y ese fue el fin de su amistad.) Yo no trataba de dirigir la vida de Inés pero de algún modo quería salvarla. Su papel de víctima en ese drama me colocó a mí en una posición de protector. Mi deber era cuidarla, escucharla, ayudarle a encontrar la solución que tanto estaba buscando. Yo sería como la voz de la cordura. Y ella encontraría en mí un lugar reconfortante al que siempre que lo necesitara podría volver. Me gustó el papel que desempeñé en aquella puesta en escena. Y me gustó tanto que terminé por encapricharme con Inés.

Comencé a tener fantasías con ella. Me imaginaba encontrarla en mi puerta, por fin decidida a abandonar a su marido, y dispuesta a venirse conmigo, altiva, llena de confianza, agradeciéndome haberla fortalecido durante todo ese tiempo. Terminaría enamorándose de mí. Me pediría que me quedara con ella, que no la abandonara, que la hiciera feliz. Luego se metería en mi cama y en ella nos revolcaríamos como locos tratando de cobrarle a la vida todo el tiempo perdido. Sí, sonaba bien. Parecía lo obvio. Yo era su único camino para subsistir, ¿no era obvio?

La idea fue tomando fuerza en mi cabeza, especialmente por las madrugadas, cuando pensaba con menos claridad. Sabía que tarde o temprano sucedería. Estaba convencido. ¿Qué más necesitaba Inés que a mí? Yo era un buen tipo: me preocupaba por ella, la apoyaba, la sostenía cuando hacía falta. Procuraba que en nuestras reuniones imperara el buen humor. Casi siempre la hacía reír. Inés pareció recobrar el ánimo. Nuestros encuentros eran agradables. Sólo era cuestión de tiempo para que se fijara en mí.

Pero las cosas no marcharon de ese modo. Pasaron los meses y su situación no cambiaba. Algunas ocasiones parecía decidida; otras, resignada al destino que se había impuesto. Yo empecé a desesperarme. ¿Qué había salido mal? Traté de averiguarlo pero no había nada qué averiguar. Inés se mantendría igual que siempre. Simplemente le faltaba ambición, coraje, determinación. Y no había forma de hacerla cambiar.

Una vez que lo comprendí decidí que ya era suficiente. Yo ya había invertido mucho tiempo y esfuerzo con otras muchachas, años atrás, tratando de salvarlas de situaciones parecidas. Estaba harto de que al final me dieran las gracias para irse con otros sujetos más avispados que yo. Tenía que decidirme para llegar a una solución definitiva del asunto. O convencía a Inés de una vez por todas, y en un solo movimiento, de que yo era su mejor opción, o la cagaba irremediablemente tratando de conseguir de ella algo que no estaba dispuesta a darme. Mi experiencia previa con las mujeres indicaba que sería esto último lo que sucedería. Asumí el riesgo sin vacilación.

La oportunidad llegó cuando publiqué mi primer libro de relatos. Organicé una reunión con amigos y familiares para presentarlo en un centro cultural. Inés estuvo allí. Luego invité a unos cuantos a mi casa para seguir el festejo. La noche se hizo larga; las cervezas no pararon de salir.

Estaba sentado con Inés cuando mis invitados comenzaron a irse. Hablábamos del tema interminable de su matrimonio. Ya me sabía la cantaleta de memoria, así que hice como que la escuchaba mientras trataba de encontrar la forma de poner en práctica el plan mal urdido que había montado en mi cabeza hacía algún tiempo. Le dije que la entendía, que quería ayudarla, pero que no sabía cómo hacerlo. Ni yo misma sé, respondió. Estaba desconsolada. Al parecer su matrimonio llegaba a su fin.

Cuando parecía que las cosas marchaban bien entre nosotros Inés anunció que tenía que irse también. Traté de convencerla para que se quedara un poco más.

—Debo volver —dijo—. Mi hijo me espera en casa.

Me ofrecí a acompañarla. No te preocupes, son sólo cuatro cuadras, dijo. Insistí. Y salimos a la calle. Era medianoche.

Tenía que actuar. Es ahora o nunca, me dije. Me pasé la mitad del camino convenciéndome de que si no aprovechaba el momento no iba a encontrar otra oportunidad para zanjar el asunto. Inés estaba vulnerable. Aceptaría casi cualquier cosa con tal de cambiar su situación, supuse. Y las situaciones desesperadas se resuelven con soluciones drásticas, me dije para animarme. Pero lo calculé mal, como siempre, cuando se trata de mujeres.

Doblamos en la bocacalle en la que vivía Inés. Dimos algunos pasos. Íbamos en silencio. Creo que intuyó lo que venía, por eso apretó el paso. La tomé por el brazo y la atraje hacia mí con la intención de besarla. Era el momento. La apuesta estaba hecha. Y perdí. Inés se zafó de mi mano con un movimiento brusco. Saltó hacia atrás y me miró con horror, como si yo fuera una alimaña peligrosa.

—¡Qué te pasa! —dijo alterada.

Sus ojos brillaron con furia. Su rostro era el de una fiera a punto de soltar un zarpazo. Sacó las llaves de su bolsillo y abrió precipitadamente la puerta. Yo me le quedé viendo, medio consternado, medio encabronado. Cerró inmediatamente sin mirarme. ¡A tomar por culo!, pensé, y seguí mi camino de regreso a casa.

Cuando volví a casa ya no había nadie. Saqué la última cerveza de mi refrigerador. Me la bebí recordando lo sucedido con Inés. Con cada trago me encabronaba más. ¡Puta sea mi suerte!, dije, y encendí un cigarro que encontré por ahí.

Durante un tiempo eché de menos a Inés y a Cecilie. En más de una ocasión intenté buscarlas, pero desistí. No valía la pena tratar de recuperar algo que ya no existía. Nuestro momento había pasado, como suele ocurrir en todas las relaciones, y nada más. No había razón para ponerse sentimentales.

Algunas veces me pregunto si yo fui un factor para que la amistad de Inés y Cecilie se terminara, pero me respondo que tarde o temprano acabarían por hartarse la una de la otra. Yo sólo fui testigo de su declive.

Sin embargo, no he podido quitarme de la cabeza esa inquietud porque, cuando repaso mi historia, me doy cuenta de que ninguna de mis relaciones termina bien.

Pomino

Cuando paseábamos juntos por las calles frecuentadas, la gente se volvía para compadecer al ciego.

Louis-Ferdinand Céline

Cuando Pomino llegó a vivir conmigo salía a pasearlo una vez al día. Al principio, la gente que nos encontraba en la calle se apartaba horrorizada. No podían creer que anduviera por las calles con una criatura tan horrenda como él. Le temían. Pensaban que les haría daño. Rehuían su mirada porque la consideraban maligna. Y es que los ojos de Pomino eran muy extraños. Parecían dos canicas grandes con colores dentro. Bailaban de aquí para allá, como curioseando. Sin embargo, y a pesar de que la gente creía que con su mirada les podría echar maldiciones, los ojos de Pomino eran inútiles. Tan sólo los tenía de adorno. No podía ver ni pizca de luz. Me di cuenta de ello una tarde en que, jugando, le pasé la mano por delante. Luego le mandé a hacer estudios. Fue irrevocable: Pomino había nacido ciego.

Los primeros días hacíamos nuestros paseos por las tardes, cuando yo llegaba del trabajo. Él ya me esperaba con impaciencia. Daba vueltas y brincos y se me echaba encima. Yo trataba de tranquilizarlo dándole palmaditas en la cabeza. Entonces salíamos. Nos miraban mal. Las madres apartaban a sus niños creyendo que Pomino les haría daño.

Incluso alcancé a escuchar a una lanzarle una maldición al pobre ciego. Quise volverme para reclamarle, hacerle ver que era inofensivo, pero el mismo Pomino me detuvo. Con aquellos ojillos inútiles y sus chillidos lastimeros me hizo comprender que quería volver a casa cuanto antes.

Pasaron los meses. No cambiamos de rutina. A fuerza de costumbre la gente nos fue aceptando como algo normal. Hubo quienes nos saludaban a lo lejos. Todavía no se atrevían a acercársenos. Yo dejé que hicieran lo que les viniera en gana. Mientras no se metieran con nosotros no tenía problema alguno.

Pomino fue creciendo sin darme cuenta. De pronto ya tenía más de un metro de altura y pesaba casi tanto como un sillón. Su cuerpo era compacto y musculoso. Sin embargo, se volvió retraído. Nuestras caminatas se hicieron menos frecuentes. Parecía como si le temiera a las personas.

Una tarde me senté junto a Pomino para saber lo que le ocurría. Lo notaba triste, ausente. Me rehuía. Intenté ayudarlo pero se resistía. Trató de hablarme; sin embargo, de su boca sólo salían gruñidos extraños. Quise adivinar lo que quería decirme. Fue inútil. Terminamos enfadándonos.

Entonces conocí a Selene. Era una muchacha encantadora. Sus ojos marrones y su cabello alborotado me impresionaron. Su charla era amena; su trato, deferente. No tardamos en hacernos confidencias. Poco después ya éramos pareja. Yo le propuse que se viniera a vivir conmigo. Ella aceptó encantada. Quizá deba hablarle primero de Pomino, pensé. Pero cuando quise hacerlo no supe cómo. En fin, ya lo conocerá, me dije.

Mientras a mí me iba cada vez mejor, Pomino parecía estar cada vez más triste. Quería animarlo, sacarlo a pasear. Se resistía. Era como un niño berrinchudo. No había forma de tratar con él. No quería comprenderme y yo no podía hacerlo entender. A veces dormía dentro de la casa. Otras, en el jardín, a la intemperie. Me preocupaba su estado de ánimo. Incluso intenté llevarlo con un psiquiatra. A todo se negó Pomino. Parecía no querer estar más conmigo.

Una mañana llegó Selene con su maleta. La dejé entrar a la casa sin advertirle que allí estaba Pomino. Si de verdad va a quererme, pensé, tendrá que aceptarlo también. Pomino estaba echado en el jardín tomando el sol. Eso me habían recomendado para animarlo un poco. Cuando oyó la voz de Selene se levantó alarmado. Movió la cabeza de lado a lado como buscando a la intrusa con sus ojos de canica coloreada que nunca verían ninguna luz. Subió los escalones deprisa y se escondió detrás de la puerta de madera. Lo vi con el rabillo del ojo.

Selene estaba contenta. Tenía planes para nosotros y para nuestro futuro. ¡La tira de cosas que quería hacer! Como para ordenar nuevamente al mundo. Yo me dejé llevar por su entusiasmo. Es fácil dejarse llevar cuando se está enamorado, no importa cuánto dure. Te parece que las cosas van a mejorar, siempre, una a una, hasta el final. No hay razón para no creerlo. Y eso te basta. Caminas entre nubes como un tonto. Olvidas que en el mundo existen el dolor, el odio y las desgracias. Sin embargo están allí, acechándote, esperando pacientemente el momento preciso para saltarte encima y recordarte que nunca se fueron. Está comprobado. Siempre es así.

Al escucharnos conversar Pomino golpeó la puerta. Selene se asustó. Me miró desconfiada, como si yo escondiera a un asesino. O peor aún, a una amante. Traté de explicarle lo de Pomino. Pero no supe darme a entender. Tartamudeé, atropellé las frases, dije una cosa por otra. Fue un desastre. Ella intentó mantenerse calmada. Y resolvió que sería más fácil descubrirlo por su cuenta.

Se encontraron de frente. Pomino se irguió por completo al escuchar la puerta y lanzó un gemido espantoso. Selene se quedó paralizada ante aquella criatura extraña que casi era de su tamaño. Retrocedió aterrorizada al ver los ojos de Pomino. Cerró de un portazo. Traté de consolarla. Ella repetía una y otra vez que tenía que salir de mi casa. Y así lo hizo, dejando la maleta.

Días después me regresó una de tantas llamadas.

—¿Por qué no me lo dijiste antes? —preguntó enfadada.

No supe responder. Eso la dejó meditabunda.

—¿Dices que es inofensivo?

Se lo juré por las mil y una vírgenes que existían.

—De acuerdo. Volveré.

Y así fue.

Selene hizo su mayor esfuerzo para familiarizarse con Pomino. Al parecer no tardó mucho en hacerlo. A Pomino le encantó sentirse apapachado por ella y mejoró inmediatamente su ánimo. Semanas después volvimos los tres a los paseos vespertinos.

En la calle Pomino había sido olvidado. De nuevo los temores y prejuicios cayeron sobre él. Eso ya no parecía afectarle. Desde que Selene estaba con nosotros sólo le importaba lo que ella dijera o hiciera con él. Yo tenía tantas ganas de ir y gritarles a todos que se equivocaban, que Pomino no era ninguna bestia infernal ni una abominación. Era, pues, mi amigo. Selene supo controlar mi ímpetu. Calmó mis arrebatos con su forma amable y diplomática de hacer las cosas. Simplemente se paró junto a ciertas personas y les dijo que Pomino era ciego. ¡Y santo remedio!

La gente comenzó a acercarse poco a poco. Lo miraban con extrañeza y luego compasivamente. «¡Es un pobre ciego!», «¡no es malo, tan sólo está sufriendo!», «¡es un bendito que se va a ganar el cielo!», decían. Entonces esa repulsión se transformó en un amor incomparable por el pobre de Pomino. Se convirtió en el objeto receptor de toda esa piedad contenida en sus cochinos cuerpos, piedad que no sabían adónde echar. De no haberlo hecho así habrían reventado de lo lindo.

Me sentí contento por mi amigo. Sin embargo, el gusto me duró poco. Comencé a notar que las atenciones para Pomino me fueron desplazando hasta casi desaparecerme. Yo ya no le interesaba en absoluto a Selene. Ni siquiera a mis conocidos. Si alguien me hablaba era para preguntar expresamente por Pomino. Nuestra vida giró alrededor de él y sus necesidades. Yo pasé a un segundo plano.

Las cosas empezaron a salirme mal. Me volví descuidado y torpe en mi trabajo y amenazaron con despedirme. Nuestras deudas aumentaron. Mi sueldo apenas nos mantenía. Selene había dejado primero su empleo, luego nuestra cama. Se quedaba en un sillón de la sala; Pomino dormía en el suelo, a sus pies. Terminaron por olvidarse de mí. Mi presencia en casa era como la de un mueble, una decoración de temporada a la que se mira de vez en cuando sólo para recordar que habrá que quitarla pronto. Se acabaron nuestras charlas. Ahora eran ellos dos los que paseaban juntos sin esperarme. Se volvieron cercanos, unidos. Saludaban a la gente que se les acercaba. Yo simplemente los veía desde la ventana.

Mi humor cambió. Me volví irritable, irascible. Me enfadaba rápido y casi por cualquier cosa. Discutí mucho con Selene. Culpé de mis desgracias al ciego. Entonces empecé a golpearlo; él se dejaba castigar sumisamente. Eso me ponía peor. Esperaba una respuesta suya: que me arrojara contra el suelo, que me golpeara con aquellas manazas que bien podían romperme el cráneo, o algo. Pomino era ya tan grande que no le hubiera costado ningún trabajo hacerlo. Pero no. Simplemente se quedaba allí recibiendo el castigo que le imponía como si tratara de expiar algún pecado. Al final disfruté verlo sufrir cada que lo azotaba. Selene me pidió que me detuviera. Casi me imploró que no le hiciera más daño al pobre de Pomino. ¡Menuda treta la que quería jugarme! Le alcancé a dar un golpe en la cara. Eso bastó para que me dejara tranquilo. Y también para que se fuera de mi casa.

Después de que se fue Selene perdí el sueño. Me volví apático, intratable. Dejé en paz a Pomino, a quien sólo veía esconderse en el jardín cuando llegaba a casa. Pasaron días y semanas. No sabía qué hacer ni qué pensar. Dejaron de interesarme las cosas cotidianas, el mundo entero. Vivía sólo para trabajar y alimentarme. De vez en cuando le daba sobras a Pomino, quien fue perdiendo peso y reduciendo de tamaño. Llegó a parecer un juguete, un monigote espantoso que podría romperse en cualquier momento. No sabía qué hacer con él. Su presencia me recordaba constantemente a Selene. La extrañaba. Sé que él también pensaba en ella. Se volvió un asunto insoportable.

Una noche bajé, decidido, hasta el jardín. Allí dormía Pomino. Encendí la luz, abrí la puerta. Pomino se despabiló al escucharme. Se arrinconó contra una pared lanzando gemidos lastimeros, lloriqueos infantiles, mientras sus ojitos aterrados daban vueltas como suplicando que no volviera a lastimarlo. Tenía marcas en el cuerpo, cicatrices que apenas habían cerrado. Esta vez no hay nadie que interceda por ti, le dije. Luego lo molí a golpes.

No sé cuánto tiempo duró aquello. Sólo supe que no volvería a verlo. Estaba muerto. ¡Muerto al fin! Regresé al interior de la casa y me tumbé en el sillón. Estaba exhausto. Jalaba aire con mucho esfuerzo; me resbalaba sudor por la frente. Traté de tranquilizarme. Cuando lo conseguí me sentí aliviado, libre de aquella criatura que había arruinado mi vida. Creo que hasta sonreí al saberlo muerto allá afuera, tendido en el piso e inerte. Cerré los ojos. Entonces pude dormir plácidamente.

127 A

Compré el periódico en un puesto callejero y me fui a casa con él bajo el brazo. Me encerré en mi cuarto a hojearlo sin interés. Llegué a la parte de los anuncios clasificados. Ahí encontrabas casi cualquier cosa: empleo, autos, servicios, putas. Me detuve a mirar ésta última. Todos los anuncios eran de servicios sexuales. Iban desde los masajes relajantes hasta la prostitución abierta. Algunas habían empezado a poner sus fotografías con la leyenda «foto real», para que te decidieras a contratarlas de inmediato. Aquello me interesó. Vi todas y cada una de las fotografías: tres páginas enteras del periodicucho.

Empecé a considerar seriamente la opción de estar con una puta y las fui descartando con base en su fotografía. Ninguna mostraba el rostro; sólo el cuerpo en distintas poses. Comencé a fantasear y a excitarme. Fui seleccionando los anuncios que más me gustaron hasta que terminé por elegir una. El anuncio aparecía así: «DIANA. HERMOSA NORTEÑITA. FOGOSA, FLAQUITA, DURITA. NO TE ARREPENTIRÁS». En su fotografía, ella aparecía con el culo al aire y la leyenda de «FOTO REAL» en marca de agua. Anoté el número y llamé.

—¿Bueno?

—Diana, acabo de leer tu anuncio en el periódico y me gustaría contratarte.

—Muy bien, papi. Trabajo en la calle de Doctor Balmis,

a unas cuadras del Hospital General.

¡Chingada madre! Eso me quedaba lejos. Miré la fotografía del anuncio y pregunté:

—¿Y cuál es la tarifa?

—Doscientos pesos, mi amor.

Me sorprendí. Esperaba que fuera un poco más caro, pero no. Ya la hice, pensé. El culo al aire del anuncio me sonrió. Comenzó a parárseme.

—Bien. Dame tu dirección y allá te veo.

—Doctor Balmis, 127 A. Llama dos veces cuando llegues.

Colgué. Me metí al baño a masturbarme. Luego me bañé. Salí media hora después. Me vestí y perfumé, cosa que casi nunca hacía, y salí de casa rumbo al metro Universidad.

Llegué a la estación Hospital General y salí a la calle. Estaba perdido. No sabía a dónde ir. Le pregunté a un policía en qué parte estaba la calle de Doctor Balmis.

—Terminando el hospital, allá —dijo, señalando a la distancia.

Me puse en marcha. Hacía un calor de la chingada. No era mucho lo que tenía que caminar, pero empecé a sudar. Puta madre. Me detuve en la esquina y miré a ambos lados. ¿Y ahora? Siempre que estés perdido dobla a la izquierda. Esa era la solución sin sentido que utilizaba, fuera a donde fuera, aunque por regular me equivocaba de dirección. Doblé en la esquina y avancé unos cuantos pasos. Había mucha gente en la calle, por todos lados. No quise preguntarle a nadie lo que buscaba. Me sentí inmerso en un mundo clandestino. Seguí avanzando. Miré el número exterior de un edificio: 137. Estaba a diez números de dar con la dirección deseada. Avancé otro poco y miré en otro edificio: 148. ¡Puta madre! Iba en dirección opuesta. Regresé sobre mis pasos y seguí mirando: 137, 135, 130... Llegué al 127, pero ¿y la A? La casa era antigua, alargada y casi en ruinas. Había un par de puertas en cada extremo de la estructura. Tenía las paredes pintarrajeadas con garabatos ininteligibles de colores y algunos dibujos. No había rastros del 127 A. Pasaba directo al siguiente número.

Me puse el celular en la mano y llamé de nuevo a la tal Diana. Me respondió.

—Estoy afuera del 127, pero no encuentro el 127 A —le dije.

—Espera, ahorita salgo.

Colgó. Me quedé allí de pie un rato. El calor no cesaba. La gente iba y venía en procesiones infinitas. El barrio era inseguro. Se decía que había rateros y desvalijadores de carros por todas partes. Comencé a ponerme nervioso.

Escuché el rechinar de una puerta no muy lejos de donde estaba. Era una de la casona la que se había abierto. Al parecer, cada puerta era un apartado distinto: de un lado el 127, del otro el 127 A. Salió una señora gorda y me echó una mirada interrogativa.

—¿Fuiste tú el que llamó?

¡Puta sea mi suerte y la rechingada madre que me parió!

—Sí.

—Pasa. Diana se está arreglando.

Un momento de alivio. Al menos aquella gorda no era Diana. Me acerqué a ella y se me plantó enfrente.

—¿Cuántos años tienes?

—Veinte —respondí.

—Ah. Pasa.

Entramos a una sala diminuta y alargada como una tripa constreñida. Había dos sillones pegados a las paredes y muy poco espacio para caminar. Se sentó frente al televisor y yo en el sillón junto a ella. Había un perro recostado al que acariciaba sin dejar de mirar la pantalla.

—Ahorita viene. No tarda.

Era un lugar terrible. Los sillones estaban cubiertos con una tela mugrienta y deshilachada. Olía a madres, una mezcla de humedad y ropa vieja, a casa encerrada, a perro sucio. Y yo preocupado por haber sudado un poco en la calle. El perro levantó las orejas y se puso a mirarme. Me crucé de brazos. Bajó las orejas y se dejó mimar por las manos de la gorda que lo acariciaba.

—Es un buen perro —dijo de repente—. Es el que nos cuida. Has de ser un buen chico porque éste luego luego le ladra a los que tienen malas intenciones.

—Ya. Bueno, me da gusto agradarle.

La gorda miraba televisión sin despegar los ojos ni un instante. Un foco al centro de la minúscula habitación iluminaba apenas el lugar. Todavía no me acostumbraba al cambio de intensidad de luz. Veía manchas luminosas. El sol de afuera era implacable.

Escuché unos pasos al fondo del lugar. Era el taconeo de Diana, quien apareció detrás de un biombo puesto en la pared de enfrente. Era una mujer baja, de cabello chino y pintado de güero, tacones altos, vientre redondo. ¡Me lleva la chingada! Resultó ser otra pinche gorda. Con razón la tarifa era de doscientos pesos. Se acercó a mí, me besó en el cachete y me llevó detrás del biombo, a una habitación oscura. No había ventanas. Tampoco muebles. Ni cama. Sólo un colchón viejo tirado en una esquina y una silla desvencijada. Esto iba de mal en peor. Pensé en rajarme. Pero ya estaba allí. ¿Qué más daba? Sería cuestión de unos minutos y me largaría. Necesitaba echar un palo, aunque fuera con ella y en ese cuchitril.

—¿Tu primera vez? —preguntó.

—¿Así? Sí.

—Se nota. Bueno, te explico: ciento cincuenta por quince minutos, o doscientos pesos hasta que te vengas.

Le di un billete. Pagué los doscientos.

—Quítate la ropa y acuéstate en la cama.

Salió del cuartito. ¿Cama? ¡Ja! Era un pinche colchón sucio y arrumbado. Me quité la ropa, excepto los calzones, y la amontoné en la silla. Escuché que le decía a la otra gorda que había pagado por tiempo ilimitado. La gorda era su madrota, comprendí hasta entonces. Regresó la tal Diana y me encontró con los calzones puestos.

—Quítate todo, papi.

Me los quité. Estaba desnudo y nada cachondo. Tenía el pito flojo y ladeado. Se acercó a mí y se quitó el vestido, dejando al descubierto unos pechos gruesos y caídos. No lograba excitarme. Sacó de algún lado una cajita de toallas húmedas, de las que se usan para limpiarle el culo a los bebés. ¿Y ora? Le hizo una rajadura al centro y me lo colocó en la base de la polla, que comenzaba a inflamárseme apenas. Luego, me colocó un condón. No tenía ni siquiera la mitad de una erección, y sin embargo, el condón me apretó con ganas. ¿Cómo era eso posible? Ni idea. Prosiguió.

—Van a ser tres posiciones, mi rey. Te monto, de a perrito, y me montas.

—Está bien.

—Incluye también estimulación oral.

—Ya. Pues dale.

Comenzó a mamarme el pito. El pito que todavía no se me terminaba de parar, apretado por un condón de salubridad que, por si fuera poco, estaba más grueso que sus putas lonjas. Me la estaba mamando y yo no sentía nada. Traté de disfrutarlo, pero era imposible. ¡Mierda! ¡Puta! ¡Chingada madre! ¡Me cago en mi suerte y en la reputísima madre que me parió! Fue la mamada más insensible y detestable que me hayan dado.

Dejó eso y se sacó la tanga que se le hundía entre las carnes. Tenía lonja sobre lonja y cada que se inclinaba hacia el frente se le colgaba todo aquello. Me puse a pensar en los videos porno que había visto recientemente, en las actrices centroeuropeas que me fascinaban, para tratar de tener una erección decente. En Mila Kàtic, una polaca que se aventaba unas cogidas monumentales, la reina del porno moderno, según los expertos. Parecía resultar. Se me puso un poco más tiesa. Diana me pasó las tetas por la cara y le mordí uno de los enormes pezones. Luego me montó. Se metió mi verga medio erecta, medio guanga, y comenzó a agitarse encima de mí de forma desenfrenada. Movía las caderas con una impresionante rapidez. Habría sido estupendo e incluso pude haberlo disfrutado de no haber tenido puesto ese pinche condón de mierda, grueso como bolsa de supermercado. Sólo podía sentir algo que me apretaba, pero no la fricción. Era como haberse puesto cinta adhesiva en el dedo y luego tratar de disfrutar de la textura de una tela acolchada. Una cosa imposible.

Diana seguía agitándose, y gemía de vez en vez. ¡Pinche puta! Gemía como si lo disfrutara. Se detuvo luego de un rato, supongo que el mismo que tardó en darse cuenta que ni se me paraba del todo ni lo disfrutaba. Se sentó sobre mí y se meneó con lentitud. Su cuerpo me aplastaba como una loza. Le agarré las tetas para intentar excitarme. Era inútil.

Se detuvo otra vez. Se desenchufó de mí y se puso en cuatro. Mi miembro parecía desmayado. Estaba guango, como noqueado. Le di unos golpes en la cabeza para hacerlo reaccionar.

—¡No te toques el condón! —me recriminó—. Es por higiene.

Ella me hablaba de higiene estando en ese cuarto de mierda, sobre un colchón viejo, sucio y puesto directamente sobre el suelo, con una madrota y su perro, telas en los sillones tan sucias como viejas, olor a humedad, a encerrado... Debía ser una broma. ¡Una puta broma! Me puse detrás de ella y le contemplé el culo. Tenía unas nalgotas gordas, aguadas, con celulitis. Gelatinosas. Y en medio de toda esa carne, el ojo del culo.

—Qué lindo culo —dije.

—Métemela, papito.

Era una buena propuesta. Le puse el pito en la entrada del culo para dejársela ir. La idea me encantó y con eso tuve para que se me pusiera dura. ¡Al fin! Me acomodé y cuando se la iba a clavar, me detuvo.

—Por un anal son doscientos pesos más, papi.

—¿Qué?

—¿Traes dinero?

—Te di todo lo que traía.

—Entonces síguele por el chocho.

¡Pinche puta! ¡Pinches tarifas! Y pinche frustración con la que me había quedado. Terminé por desmotivarme. Le metí la verga por el coño de nuevo y comencé a cogérmela con desgano. No sentía nada, lo que se dice nada. Era horrendo. Lo que quería en realidad era irme de allí de una puta vez. No habían pasado ni tres minutos cuando volvió a sacarse mi verga de adentro y se recostó boca arriba. Abrió las piernas y la enchufé de nuevo. Para entonces, la erección que había ganado comenzó a diluirse otra vez.

Pasaron dos o tres minutos y yo le hacía al idiota, como que me la cogía. Hubo un momento en el que cerró los ojos y pareció quedarse dormida. ¡Pinche gorda! Quise abofetearla. Le apreté una teta y abrió los ojos.

—Esto no va a funcionar —dijo—. Además, ya ni la tienes dura.

Me hizo a un lado y se levantó del colchón. Se puso la tanga y los tacones.

—Echa el condón y la toallita en ese bote cuando te los quites —dijo, sin mirarme.

Agarró el vestido y salió del cuarto. Regresó poco después. Comencé a vestirme. Estaba cansado y furioso. Tiré el maldito condón en el bote. Lo maldije entre dientes y deseé que se pudriera en el peor de los tiraderos al aire libre de las afueras de la ciudad. Diana se había puesto cerca del biombo para que saliera y me despidió con un ademán.

Ya había otros dos sujetos en la salita esperando turno. La gorda miraba televisión y hablaba con ellos del perro. La misma cantaleta. «Han de ser buenos muchachos porque el perro le ladra...». Perro de mierda. Gorda de mierda. Cogida de mierda.

El mundo es una mierda en la que todos estamos sumergidos hasta el cuello y del que no podemos librarnos por más que lo intentemos. Nos tiene cogidos de los huevos y tira de ellos con crueldad.

Salí de ese tugurio mentando madres. En mi mente, claro. Ya en la calle, el sol de la tarde caía a plomo. La gente de los alrededores seguía con su vaivén continuo, implacable.

Caminé a la estación del metro y bajé al andén subterráneo. Me subí al tren. Encontré un lugar desocupado y me senté. Cerré los ojos y dejé que el bamboleo del trajín me arrullara. Me eché a dormir durante el trayecto.

Al llegar a casa me di un segundo baño deseando que aquello no hubiera sido más que un mal sueño.

Día de muertos

Era un dos de noviembre, Día de Muertos, y salimos a convivir y a beber. Teníamos bastante tiempo sin vernos, desde que salimos de la preparatoria. Al principio, éramos una bola de cabrones que se la pasaba el día entero jugando fútbol en las canchas de la escuela. Más de quince tipos en plena juventud, divididos en dos equipos o más, y pateando el balón como si fuera lo único importante en la vida. Buenos tiempos, sin duda. Y de eso ya habían pasado seis años cuando menos.

Salimos, decía, a convivir al centro de la ciudad. Quedamos en vernos dentro de la estación Bellas Artes, en las primeras escaleras. Fuimos llegando a cuentagotas. Yo de los primeros, como siempre. La puntualidad es una mala costumbre. Siempre terminas esperando. Luego de una hora nos reunimos únicamente seis. Nadie más vendría. Cada uno de los ausentes tenía ya una vida hecha, con familias propias, problemas propios, deudas propias, casas compartidas, hijos... todo lo que implica la vida adulta. Sólo nosotros seis nos manteníamos sin compromisos. Salimos de la estación subterránea del metro y caminamos a lo largo del Eje Central. ¿Adónde ir?

El centro de la ciudad es famoso por tener todo lo que necesitas: cantinas, bares, salas *lounge*, prostíbulos, *table dance*. Pero queríamos algo discreto. Hacía mucho que no nos veíamos. Necesitábamos charlar un poco mientras bebíamos algo. Caminamos por Tacuba. Dimos varias vueltas sin decidirnos. Al fin entramos en un pequeño bar. Ocupamos una mesa. Pedimos una ronda de cervezas para empezar.

—¿Qué han hecho de sus vidas, cabrones? —preguntó alguien.

—Estudio —contestó uno.

—Trabajo con mi papá los fines de semana.

—Me rasco los huevos en casa.

Reímos. Todos con vidas interesantes. Preguntamos acerca de los otros. Sabíamos muy poco. Contamos lo obvio: la boda de fulano, el nacimiento del hijo de zutano, el que cruzó la frontera... Teníamos futuros prometedores que habían sido truncados muy temprano.

Pedimos más cervezas.

—¿Piensas seguir estudiando?

—¡Sí, hombre! A lo mejor me voy de intercambio a España.

—¡Qué chingón! Pues salud.

Chocamos las botellas que sudaban de frías. El lugar era tranquilo, agradable. Pero alguien sugirió cambiar de sitio. Algo con más ambiente. Puta madre, pensé. Detesto los lugares con *ambiente* donde la música, además de estridente, es terriblemente horrenda. Música de botudos y sombrerudos berreando corridos de criminales, o de bailes dando brinquitos, o de gritos desaforados. Lo acordaron entre ellos. Mierda. No me quedó más que aceptar. Pagamos las cervezas y salimos de nuevo a las calles.

—Tú que conoces bien por aquí, ¿qué nos recomiendas?

—Allá por Madero hay un lugar...

—¡No mames, Madero! Algo más barato.

—¡Chingá! Acá por República de Brasil hay un bar...

—No, no. Vamos a Garibaldi.

—Bueno, coño, vamos.

No valía la pena que yo opinara. A fin de cuentas, mis gustos y los suyos siempre fueron muy distintos. Lo sabía bien. Y de sobra. Siempre fue así. Agarramos camino y salimos de nuevo a Lázaro Cárdenas. Llegamos a la plaza de Garibaldi. A reventar. Gente entrando y saliendo del Salón Tenampa. Los demás lugares, atiborrados. Había gente bebiendo en plena calle, mariachis persiguiendo carros, conjuntos norteños ondeando sus sombreros detrás de estos. Peleas, gritos, mujeres vomitando en la acera. Un lindo cuadro. Nos miramos unos a otros. Echamos una ojeada a las cantinitas de por ahí y nos metimos en una pulcata que estaba casi vacía. Apenas otros tres sujetos y nosotros. Ocupamos una mesa. Un hermoso lugar con *ambiente*.

—¡Mira! Pedrito no ha muerto —dijo alguien.

Al fondo del tugurio colgaba una gran fotografía de Pedro Infante sonriendo, vestido de motociclista de la policía de tránsito. Miramos el retrato y reímos. ¿Por qué? No lo sé. Cuando uno está con los amigos cualquier estupidez es buen pretexto para reír. Pedimos dos jarras de curado, uno de fresa y otro de mango. Nos trajeron vasos y comenzamos a servirnos. El primer trago que le di al curado de fresa me pareció una cosa espantosa. Casi lo escupo. Vi a mis amigos beber de sus vasos y hacer gestos, pero ninguno se atrevió a hacer un comentario. Nadie quería hacer el ridículo de decir algo que a lo mejor no era verdad.

—Esta madre sabe a mierda —dije al fin.

Dos de ellos asintieron. Los otros tres miraron sus vasos con asco. Nos valió madre. Seguimos bebiendo.

¿Qué más daba? Ya lo habíamos pedido, ya estaban allí las jarras de pulque. Seguimos haciendo bromas y bebimos haciendo gestos. Pedimos otras dos jarras, pero esta vez de distintos sabores. ¿A quién coño se le ocurre? A nosotros, claro. La misma mierda. Era pulque corriente. Nos pegó de inmediato. Salimos de ese antro que olía a meados y regresamos sobre nuestros pasos hacia el Eje Central.

Terminamos en una taquería para bajarnos la borrachera. Pedimos varias órdenes de tacos. Una meserita nos dio la carta de bebidas. El lugar funcionaba como taquería pero el verdadero negocio estaba en el chupe. Pedimos más cervezas para quitarnos el asqueroso sabor del pulque de la boca.

—Pero que sean micheladas —acordamos.

Nos sirvieron unos vasos de a litro escarchados con chile en polvo, jugo de limones y salsas para condimentar. Una verdadera delicia. Comimos nuestros tacos y bebimos nuestras cervezas.

—¿Qué? ¿La otra?

—Pues chingue a su madre.

Otra ronda de cervezas.

—¿Más tacos?

—Ni madres. Mejor otra ronda.

Y más cerveza.

Llegaron unos orientales al lugar. Los miramos y reímos. Empezamos a chingarlos con lo de los ojos. Dijimos cuanta pendejada se nos vino a la mente. Parecíamos ser especialistas en el tema. Se nos ocurría una estupidez tras otra que dejaba en ridículo a la anterior. Como en los viejos tiempos. Los asiáticos, al principio, ni se inmutaban. Ellos seguían en lo suyo.

Alguien notó que había música proveniente de una rocola.

—¿Dónde tienen la chingada rocola?

—Al fondo —respondió la mesera.

Y allá fueron tres. Programaron varias canciones que cantamos juntos, a gritos.

Allí estaba yo, escuchando y cantando una tras otra esas canciones que apenas conocía, de grupos musicales a los que detestaba. Pero no podía decirlo, mucho menos mantenerme ajeno. A final de cuentas, estábamos pasándola bien. Eso era todo lo que importaba. Entonces nos distrajo la luz de un flash. Volteamos a ver de dónde provenía. Eran los pinches orientales —japoneses, chinos, ¡qué chingados voy a saber!—. Nos estaban retratando como si fuéramos animales en un zoológico, un atractivo turístico que viniera incluido en el paquete al viajar.

—¡Chinguen a su madre, culeros! ¡A tomarle fotos a su pinche madre! —dijimos aleatoriamente.

Los orientales reían y nos señalaban como si todo aquello les cayera en gracia. Los insultamos, nos burlamos de ellos, les mentamos la madre. Pinches orientales, se la estaban pasando de maravilla con nosotros. Terminamos riéndonos los unos de los otros sin comprendernos.

Pedimos más cervezas. Para entonces ya estábamos bastante borrachos. La dueña del tugurio nos sirvió la última alegando que ya era hora de cerrar. ¿Cómo podía ser eso posible? Saqué mi celular. ¡Coño! Las once de la noche. Miramos a nuestro alrededor. Éramos los únicos clientes. ¿En qué momento se fueron los pinches chinos?, preguntó alguien. Sepa la madre. Nos pasamos el vaso de mano en mano hasta terminarlo. No recuerdo quién pagó la cuenta. De lo que estoy seguro es que yo no puse ni un peso. Había acabado con mi presupuesto desde la pulquería.

Salimos tambaleantes del lugar. Avanzamos a los tumbos, en grupos de tres, sosteniéndonos como toreros.

—¡Yo quiero un chingo a este cabrón! —dijo uno señalando a otro.

Nadie le hizo caso.

—¡Que yo lo quiero un chingo, cabrones! Miren —repitió y comenzó a besarlo en el cachete.

—¡Ya, cabrón! No empieces con tus joterías.

Tropezábamos al caminar hacia la estación del metro. Chocábamos con la gente que a esa hora todavía paseaba por ahí disfrazada de monstruos y calaveras. De pronto me parecieron reales, seres extraños salidos de quién sabe dónde. Nos acechaban esperando el momento oportuno para darnos el guadañazo. Sentí que nos perseguían. Fue un pensamiento extraño, estúpido, que traté de ignorar. No quería ponerme, además de borracho, paranoico. Llegamos al metro Bellas Artes y cruzamos los torniquetes. Luego bajamos al andén.

El lugar estaba desierto. Me sentí aliviado. Entonces llegó el último tren de la noche con sus rechinidos metálicos y sus luces oscilantes. Y subimos. El vagón también estaba vacío. Todo el carro era para nosotros. Nos desparramamos en los asientos, ebrios y asqueados. El tren comenzó a andar.

—Vamos a seguirla a mi casa —dije de repente.

—Yo tengo que llegar a la mía.

—Yo también.

Ninguno se animó. Me levanté furioso del asiento y los miré.

—Chinguen a su madre, culeros —dije, señalándolos.

El tren se detuvo y bajé. No supe en qué estación estaba. No podía leer el letrero y no reconocía la estación. Me alcé de hombros y caminé hacia las escaleras que se erguían al frente. Arrastraba los pies. La cabeza me daba vueltas. Comencé a pensar un montón de estupideces acerca de la vida y la muerte. Me dio miedo. Tuve que sostenerme de las paredes para no caer. Por fortuna, entre los escalones reconocí una leyenda que me guió escaleras arriba: «HACIA LA LÍNEA 2». ¡Estaba salvado! Seguí subiendo. De vez en cuando se me cerraban los ojos, y al abrirlos, me encontraba en una parte distinta de la escalera. Más arriba. Y más. Hasta que llegué al pasillo que conecta las líneas del metro. Otra vez cerré los ojos. Me encontré en otra parte de la estación. ¡Ah, chingá! Cerré los ojos. Los abrí. Ya estaba en el andén, dirección a Taxqueña.

Era inexplicable cómo conseguía hacerlo pero no me detuve a averiguarlo. Volví a cerrar los ojos y luego a abrirlos. Ya estaba dentro del tren. Cerré los ojos, los abrí. Había llegado a la terminal del sur.

Más escaleras. No entiendo cómo no caí de alguna y me rompí el cuello. Habría sido lo justo. Fue una fortuna que me manejara como un autómata. Me movía por instinto. No necesitaba estar despierto para saber cual era mi camino. Otra vez abrí los ojos y ya estaba a bordo de la camioneta que me llevaría a casa. El último pesero que saldría de los paraderos. ¡Menuda suerte la mía aquella noche!

Me senté junto a la ventanilla. Comenzaba a sentir el estómago revuelto y no quería vomitar dentro de la camioneta. Apoyé el codo en la cornisa y la cabeza en mi brazo. Y así me fui todo el viaje. Por fortuna me desperté tres calles antes de mi destino. Pagué mi pasaje.

—Te faltan tres varos, chavo —dijo el conductor.

—Voy a vomitar.

Se detuvo y bajé. Creo que me mentó varias veces la madre.

Los pies me pesaban, la cabeza me daba vueltas; el estómago me revoloteaba. Por si no fuera suficiente, también me dieron unas ganas terribles de mear. Me detuve junto a un poste y me saqué la pija. Creo que me mojé un zapato. Me la sacudí un par de veces y reanudé la marcha.

Desperté al día siguiente en mi cama con una espantosa resaca. No recordaba el momento en que había llegado a casa. Estaba desnudo; mi ropa, regada por el suelo. Había imágenes borrosas de monstruos y calaveras recorriendo las calles que aparecían y desaparecían de mi mente de forma confusa y desordenada. Me dolía la cabeza. Tenía la boca seca. Intenté dormir de nuevo sin conseguirlo. El sol de las tres de la tarde entraba con violencia por la ventana desgarrándome los párpados y el alma. Era como la terrible agonía de una muerte lenta y dolorosa.

No podía dormir, no me podía levantar. No soportaba mi estado. Ni el calor de aquella hora. No conseguí hacer nada más que lamentarme. Y así me quedé por un buen rato.

Noche de putas

Acababa de cumplir veinticinco años hacía poco y tenía más de cuatro años sin coger con una mujer. Me masturbaba regularmente, en especial cuando despertaba, después del mediodía. Mis cuentos llevaban meses circulando en varias editoriales sin que ninguna se animara a publicarlos. El dinero escaseaba y yo seguía aferrado a la idea de no conseguir un empleo que me alejara de la escritura.

Fue a inicios de mayo cuando mi sed de sexo se hizo insoportable. Masturbarme se volvió mecánico y cada vez me daba menos placer. Era urgente conseguir una mujer.

Pedí dinero prestado. Nadie quería dármelo por temor a no recuperarlo jamás. Apelé a las más encantadoras promesas de devolverlo en cuanto mi libro se publicara.

—Ya casi. Sólo falta que me manden la confirmación —insistí.

Un amigo de muchos años, ingenuo y movido por la compasión, me soltó un par de billetes de quinientos pesos. Me despedí de él reiterando mi promesa de regresarle el dinero. Idiota, pensé cuando lo perdí de vista.

Caminé hacia Tlalpan. La avenida no quedaba lejos de la pocilga a la que llamaba mi casa. Con los billetes en la cartera y el ánimo renovado me fui en busca de la mejor puta que mi dinero pudiera pagar. Caminé largas distancias de ida y vuelta: ninguna me convencía. No es que yo fuera exigente. Dada mi posición, no valía serlo. Con gusto habría aceptado a cualquiera... ¡con tal de que fuera mujer! Ese era el problema. Todas las prostitutas paradas afuera de los hoteles de paso eran hombres con faldas. Y las más buenotas también eran hombres, sólo que operados. Casi me engañan más de una vez.

El cansancio me obligó a detenerme. La noche iba cayendo rápidamente. Estaba desesperado y urgido. Mala combinación. El ruido de los coches sobre el asfalto me impedía pensar con claridad. ¡Chingada madre! Quería coger y punto. ¿Por qué era tan difícil conseguir un polvo? Era un mito, un engaño y un embuste esa premisa que la gente de mi edad usaba con desfachatez, que es más fácil conseguir sexo que amor en nuestros días. ¡Mírenme a mí!, pensé. Yo no podía conseguir ni uno ni otro. Estaba maldito, sin duda.

Miré de reojo hacia la esquina y pude ver una silueta exquisita. Acababa de instalarse sobre la banqueta una mujer despampanante. La curva de las caderas sobresalía de su figura. Me levanté atraído como mosca a la miel y me detuve frente a ella. Dudé un momento: quizás sea otro *él*, pensé. La miré de arriba abajo para tratar de descubrir si era una mujer real. Al parecer lo era.

—¿Qué me ves, pendejo? —dijo.

Tenía una voz áspera, pero sin duda femenina. El vestido púrpura ajustado cubría de su cuerpo sólo lo necesario como para querer arrancárselo de un tirón. Comencé a excitarme.

—¿Cuánto por una cogida? —pregunté.

Me miró como si yo fuera un perro sarnoso. Tenía labial marrón y sombras color pastel en los ojos. Las luces de los carros nos iluminaban breve y constantemente.

—No te alcanza. Lárgate.

—Dije que cuánto cobras, pendeja.

—Mil pesos por una hora.

¡Qué! ¡Estaba loca la pinche vieja! Digo, sí estaba bien

pinche buena, pero yo no estaba dispuesto a pagar esa cantidad por una puta. Aunque ya estando allí...

—¿Y crees que no los puedo pagar?

—Lo dudo. Pareces uno de esos güeyes que mendiga a sus amigos para poder vivir.

—Quizás. Pero tengo el dinero.

—No me digas... —replicó con sorna.

—¡Por supuesto!

—Quiero verlo.

—Primero el servicio, lindura.

Dudó. Había algo en ella que me hizo recordar a una actriz porno que vi en internet. No es que yo conociera a todas las actrices porno sino que una de un video me gustó tanto que terminé masturbándome casi tres semanas seguidas pensando en ella. Tuve tiempo de memorizar el rostro (y el culo) de aquella actriz centroeuropea. Se cruzó de brazos y señaló con un movimiento de la cabeza el motel de la esquina y dijo:

—¿Ves ese motel?

—Sí.

—El cuarto va por tu cuenta. Sígueme.

Me sudaron las manos y del pito me salía un líquido viscoso que me humedeció el bóxer. ¡Estaba a punto de meterme en la cama con ese portento de mujer después de tanta escasez en los últimos años! Pero antes de entrar al motel la detuve.

—Tengo el dinero del servicio, pero no para el cuarto.

—Entonces lárgate. No me hagas perder mi tiempo, idiota.

Dio media vuelta y regresó a su puesto en la esquina. No podía permitir que se me fuera esa oportunidad. Caminé de un lado a otro pensando cómo resolver aquello. No podía regresar a pedir más dinero. Nadie querría darme otro quinto. Así que mi única opción era conseguirlo a la fuerza, concluí.

¿Y cómo? Miré hacia el frente y la distancia pude ver a otras dos putas paradas. Tenían muy mal aspecto. Eran cabrones vestidos de viejas que ni siquiera lograban aparentarlo. No tenía que pensarlo mucho. En realidad, pensaba poco y mal. Estaba tan caliente y urgido que no tardé en decidirme a actuar. Le quitaría el dinero a alguna sin importar cómo tuviera que hacerlo. Estaba dispuesto a todo.

Me acerqué para seleccionar a mi presa. Una de ellas (¿o debo decir *de ellos*?) era flaca y con aspecto enfermizo: ropas raídas, rodillas huesudas y una cara de adicta que no podía ocultar. Una víctima sencilla. La estación Villa de Cortés no estaba lejos y cerca de allí había un parque que se volvía solitario cuando anochecía. Era un buen lugar para un robo. Sin testigos ni policías.

Me acerqué. Apestaba a perfume barato y a mota. Ofreció su servicio arrastrando las palabras. No le entendí más que el precio. El muy puto no podía hablar con claridad, pero eso sí, decía su tarifa casi deletreándola. Sentí un asco tremendo al oler el tufo de su boca. Cobraba trescientos pesos por una mamada y quinientos por un anal. Le pedí lo primero.

—¿Tienes coche, papi? —dijo con voz aguda y fingida, recobrando de pronto la claridad en el habla.

—No. Pero podemos ir al parque de allá enfrente. Sólo es una mamada.

—No lo sé...

¡Cabrón hijo de la chingada! ¡Además de feo, remilgoso! Creo que comenzaba a comprender a las mujeres que rechacé en algún momento de mi vida. Pero insistí:

—¡Es sólo una mamada, cabrón! No voy a llevarte a un hotel.

—Está bien. Pero primero el pago.

Saqué de mala gana uno de los billetes. Luego de contarlo varias veces, me devolvió el cambio. Una precaución para no equivocarse, dijo. Los billetes estaban viejos y en mal estado. Guardé el dinero y lo encaminé hacia el parque.

—¿Quieres que nos besemos? Va incluido en el servicio. Como si fuéramos novios.

—¡Sácate a la chingada! Quiero una mamada y punto.

—Bueno, tú te lo pierdes.

Llegamos. Como esperaba, el lugar estaba mal iluminado y solitario. Busqué un sitio discreto en el que no pudieran vernos de lejos. Encontré una jardinera bajo un gran árbol que cubría con su copa la poca luz que llegaba de los faroles. El metro corría a la distancia sobre la avenida.

—¿Seguro que no quieres unos besos para el cachondeo, papi? —insistió.

No dije nada. Lo miré, asqueado. Él representaba sólo un trago amargo para llegar al verdadero paraíso. Así es la vida, pensé. No hay dicha completa. Nada de lo que anhelamos está exento de tragedia. Y sólo cuando logras superarla, puedes saborear la gloria en todo su esplendor. Así es la vida, repetí para darme valor.

—Híncate —ordené.

Se puso de rodillas y extendió las manos buscando mi bragueta. Lo agarré de las muñecas y, en un movimiento rápido, le estampé la rodilla en la nariz. Fue un golpe hermoso. Cayó de lado. Me abalancé sobre él y le solté todas las patadas que la pinche vida me había dado en el culo. Le di por mis fracasos amorosos, por las oportunidades que había dejado pasar, por los años de abstinencia sexual, la pobreza que padecía, porque mi libro de cuentos no se publicaba y hasta por los niñitos hambrientos de África por los que mi abuela me hacía rezar de niño antes de comer. Le di una, dos patadas, tres, nueve... Perdí la cuenta. Quedó inconsciente. Le manaba sangre de la boca, la nariz y creo que hasta de los oídos. Miré en todas direcciones para comprobar que nadie me había visto. Luego le hurgué entre las tetas postizas en busca del dinero. Encontré unos billetes —el mío incluido— y me los guardé.

Dejé el cuerpo ensangrentado allí y caminé de nuevo hacia la calzada de Tlalpan. La gente en la estación del metro ignoraba lo que había sucedido a tan corta distancia de ellos. Entraban y salían del lugar sin saber siquiera lo que acababa de ocurrir. No me sorprendió verlos ocupados en sí mismos, encerrados en sus pequeños mundos portátiles, ajenos a todo lo que sucedía a su alrededor. La ciudad podía arder en llamas, derrumbarse, triturar a cientos de personas entre sus fauces de concreto, y lo único que les importaba era subirse al tren antes de que éste se pusiera en movimiento. Habían perdido el interés en la vida y la muerte ya no los horrorizaba. Morirse era algo que siempre le sucedía a alguien más. Mientras eso no los afectara, no tenía importancia. Uno menos en las calles, otro que secuestran, siete asesinados, el compadre que le disparó al amigo porque lo encontró con su mujer... Era lo que podía leerse en los periódicos a diario. Eran las historias de nunca acabar, el padrenuestro de cada día. Las leían con morbo y disfrutaban las historias cuando se contaba hasta el detalle más insignificante. Era un espectáculo al que asistían gustosos. Un circo de fenómenos, pensé. Caminé sobre la acera tratando de alejarme de ellos.

Di un rodeo, antes de regresar a donde aquella puta tan buena se ofrecía, para aquietar mis pensamientos. Cuando llegué ella ya no estaba. ¡Chingada madre! La busqué a lo largo de la acera sin encontrarla. Fui hasta el motel y pregunté por ella.

—¿Eres policía? —preguntó el dependiente.

—No. Iba a contratarla.

—Se la llevó un Pontiac rojo. Creo que no va a regresar sino hasta mañana.

El tipo bajó la vista rápidamente y me vio algo. Miré instintivamente en la misma dirección. Tenía una gran mancha de sangre en el pantalón a la altura de la rodilla.

—Ayudé a alguien que se cayó... —dije para justificarme

—No me importa. Si no vas a rentar un cuarto, llégale.

—Bueno. Gracias.

Salí del motel para regresar a casa, frustrado y lascivo. Cuando llegué a la estación del metro, y justo al otro lado de la avenida, a la altura del parque, todo seguía igual. Nadie había descubierto el cuerpo del transexual. Si estaba con vida o no era algo que no sabía. Seguramente lo descubriría a la mañana siguiente al leer el periódico. Quizás me enteraría también, y a detalle, del daño que le había infligido. Los que caminaban junto a mí apenas notaban mi presencia, y los que me miraban, parecían indiferentes ante la mancha de sangre que evidenciaba mi crimen. Quizás, me dije, de camino a casa me encuentre otra puta con la que pueda acostarme.

Un niño vendía cigarros en una esquina. Le compré uno y lo encendí pensando en que este episodio podría ser una buena historia para escribir.

Frida

Tras escuchar largo rato el golpeteo en la puerta se levantó de la cama en calzoncillos. Caminó por el pasillo con los ojos entrecerrados por el sueño. Miró por el ojal de la puerta. Era Frida. Abrió.

—Tenemos que hablar —dijo ella.

Sebastián la invitó a pasar. Luego cerró. Frida se quedó de pie frente a él. Parecía desesperada. Tenía mal aspecto. Iba despeinada y sin maquillarse. Sebastián notó esto sin decir nada. Se limitó a hacer un gesto. Además, no comprendía por qué la urgencia. Se tumbó en el sillón y se echó los brazos a la cara, cubriéndose los ojos.

—¿Oíste lo que dije?

—Dime —replicó Sebastián—. Te escucho.

Frida se cruzó de brazos. Vaciló. Necesitaba que él la viera para saber que en realidad la estaba escuchando. Hablarle así le hacía sentir como una idiota. Odiaba eso de Sebastián.

—Estoy embarazada —dijo luego de un rato.

Sebastián no se inmutó. Primero se quitó los brazos de la cara. Después la miró incrédulo. Frunció el ceño y se irguió sobre el respaldo.

—¿Qué?

—Que estoy embarazada.

—Ya escuché —dijo—. Lo que quiero saber es cómo sucedió.

Frida elevó los ojos y apretó los puños. Un par de mechones de cabello le caían a ambos lados de la cara. Meneó la cabeza con gesto de enfado.

—¿Cómo que cómo sucedió? —replicó—. Ha de ser por arte de magia.

Sebastián se puso de pie y trató de acercarse a ella. Sin embargo, lo único que consiguió fue marearse; cayó de nuevo al sillón. Dejó que la mente se le aclarara un poco. Luego, dijo:

—Pensé que te estabas cuidando.

—¿Sólo yo? —respondió Frida, indignada.

—Nunca te molestó que yo no lo hiciera.

Se hizo un silencio.

—¿Qué vas a hacer? —preguntó Sebastián.

Frida sintió esas palabras como un golpe. Sabía que Sebastián diría algo así. No obstante, había ido con la esperanza de equivocarse. Ahora comprendía que todo había sido un error. Desde el principio, cuando tuvieron sexo por primera vez. Lo conocía tan bien, desde hacía años, que le sorprendió pensar que él podría cambiar algún día. Sebastián ya le había hecho lo mismo a la última de sus novias, y ahora se lo hacía a ella también. Eres una idiota, se dijo Frida.

—¿Lo que voy a hacer?

—Sí.

—¿No piensas responsabilizarte al menos en algo?

Sebastián paseó la mirada por la habitación sin responder. No sabía qué decir. Palmeó un par de veces y volvió a mirarla.

—Eres un hijo de la chingada —dijo Frida, furiosa.

Se lanzó hacia la puerta. Sebastián se levantó de un brinco y le impidió salir.

—¡Escúchame bien! Yo no quería esto —dijo Sebastián apuntándole con el dedo.

—¡Déjame!

Forcejearon. Al final, Frida retrocedió unos pasos. Empezó a llorar.

—¡No quería esto! —repitió Sebastián moviendo los brazos—. ¡Tú lo sabías! ¡Yo no puedo hacerme cargo de un niño! ¡No quiero!

Frida se cubrió el rostro con las manos. Después de un rato, se tranquilizó. Otra vez se hizo el silencio. Sebastián recorrió la habitación de un lado a otro como un animal enjaulado. Se mecía los cabellos tratando de encontrar la forma de decirle a Frida lo que él quería en verdad. Pero no se atrevía a hacerlo. Sabía que no lo tomaría bien. Un problema más a la ya problemática situación. Ella no lo entendería. Se ofendería; lo creería un monstruo. Lo odiaría por pedirle que abortara. Y no estaba preparado para ser odiado por Frida.

Sebastián pensó: «Ya he pasado por esto. Sé cómo termina. No quiero lastimarla. No a Frida». Recordó que se había dicho al principio que era mala idea sostener una relación con ella. Sabía que todo terminaría mal, que arruinaría la vieja amistad que tenían. Empezar una relación con su amiga cuando ambos habían terminado mal sus noviazgos era un error. No hizo caso de su advertencia. Y allí estaba el resultado. ¡Puta madre!

Pasaron los minutos. Cuando no hubo más qué decir, Frida actuó. Tomó el pomo de la puerta y lo giró. Antes de salir miró a Sebastián en calzoncillos, confundido, iracundo, indeciso. Ese era Sebastián. Entendió que no cambiaría. Lo miró por encima del hombro y dijo con voz impasible:

—No importa, ¿sabes? Me apoyes o no, voy a tener a este niño.

Aquellas palabras fueron como un derechazo a la mandíbula. Él la miró abatido, con el rostro cansado, los ojos adormecidos. Se sintió exhausto, avejentado y frío. Era como si de pronto le hubieran pasado por encima un montón de años. Deseó volver a recostarse en la cama; deseó que todo fuera una horrible pesadilla. No quería perder a Frida. Tampoco quería que se quedara. ¿Por qué tenían que terminar así las cosas entre ellos?

Frida le echó una última mirada. Era extraño: quería odiarlo, hacerle sentir su dolor, atormentarlo. Sin embargo, sólo sintió lástima por él. Era la figura triste de un hombre derrotado. ¿Cómo odiarlo? Parecía más un niño perdido, asustado. Incluso pensó abrazarlo. Pero se contuvo. Allí ya no había nada para ella que pudiera retenerla. Era tiempo de partir.

Adiós, Sebastián, dijo Frida dentro de sí. Luego cerró la puerta.

Abatimiento

La creatividad es una puta que te embarra las nalgas para ponértela dura, y cuando estás listo para follártela, desaparece como por arte de magia. Es siempre igual, al menos para mí. Tenía grandes historias en la cabeza que me contaba antes de caer dormido, pero una vez frente a la computadora, desaparecían. Trataba de recordarlas pero nunca eran iguales. Mientras las imaginaba, sin querer hacerlo en realidad, eran elocuentes, brillantes. Luego, al escribirlas, esos vagos recuerdos se convertían en trozos de papel con notas ilegibles que daban la sensación de vacío. Algo peor que saber poco es saber mal. Y así se me sucedían los días.

Llegué a pensar que mi trabajo no cuajaría nunca. Leía mucho, pensaba todavía más, pero nada nuevo surgía. Todo estaba oscuro en mi cabeza, vacío, como una gran bodega que se ha saqueado. Entras por la puerta y, para tu sorpresa, te encuentras con un lugar desierto, una gran ausencia, la nada: un universo vacío, sin propósito y deshabitado. Pues así me encontraba yo cada que intentaba escribir algo. Sabía que aquí dentro había palabras, ideas, cosas que debían ser dichas, pero tenía la sensación de haberlas perdido. Es terrible. Una sensación fatal.

Pensé refugiarme en mis amigos pero ellos ya estaban fuera de mi alcance. Recurrí a la reflexión, las memorias, los *quizá* que tanto nos atormentan. Pero nada. No había forma de sacar historia alguna de mi cabeza. Es el fin, pensé, el fin de mi insípida carrera de escritor. Habría que encontrar otro modo de ganarse la vida. O al menos de no perderla. Busqué un empleo, de lo que fuera, con tal de conseguir un poco de dinero que me diera para comer. Pero ya estaba yo caduco para muchas cosas. Sin educación, sin papeles que me avalasen, sin amigos, contactos o palancas que pudieran ayudarme a entrar en una empresa o negocio sin mayores dificultades... estaba acabado. Tenía veinticinco años y ya estaba condenado al desempleo. Mi experiencia laboral se reducía a unos cuantos meses de vender porquerías. Ni siquiera podía usarlo como referencia. Era un desastre.

Bueno, algo he de encontrar, me dije. Traté de animarme; sin embargo, en un mundo como este es difícil sostener el ánimo. Una a una las cosas se me fueron complicando. La dignidad era un lujo al que ya no podía aspirar. Hasta para vender trastos era necesario tener una carrera trunca. ¡Dios mío! Un mundo de locos.

Louis-Ferdinand Céline dijo que lo mejor que uno puede hacer en este mundo es salir, loco o no, de él. Y sólo conocía una forma. Pensé en quitarme la vida, pero no tenía las agallas de hacerlo. Entonces, ¿para qué servía yo? ¿Qué más podía hacer?

Me tumbé en la cama, abatido, y me quedé como idiota mirando al techo. Allí no había nada. No obstante, era lo mejor que podía hacer. Comencé a sentir la necesidad de encerrarme en mi cuarto para siempre. Quedarme quieto, sin moverme, tumbado en el colchón. No parecía ser una mala idea. Al menos tenía eso a mi alcance. Pasaron las horas y sin darme cuenta caí en una apacible duermevela. Me sentí tranquilo, como hacía mucho no me había sentido.

Entonces las historias en mi mente se fueron sucediendo a una velocidad indecible, entretejiéndose unas con otras, la rapidez única del pensamiento, mis memorias y mis anhelos. Formaron una red milimétrica que me fue envolviendo como una cálida manta. Dejé que todos esos pensamientos fluyeran en un torrente. Fue como si el dique de una presa se rompiera y toda esa agua me cayera encima. Era una sensación espléndida, liberadora. Una paradoja, ya que en realidad me estaba encapsulando. Abrí los ojos y traté de levantarme. Imposible. El envoltorio imaginario fue tomando forma alrededor de mi cuerpo. La red de pensamientos ya no era sólo una cálida manta que me arropaba anímicamente sino algo tangible, monstruoso, que tenía la mitad de mi cuerpo atrapado. De aquella cosa comenzaron a brotar extremidades, como las patas de una araña, que se aferraron a las paredes de mi cuarto. Alcancé a echar un último vistazo a mi habitación antes de ser devorado por completo. Quise decir algo. Sin embargo, preferí quedarme callado. Que suceda lo que tenga que suceder, pensé. La cama se quedó adentro conmigo.

Y ahora, aquí encerrado, escucho las voces de algunos conocidos que vienen a verme. Hay quienes han intentado sacarme destruyendo parte del tejido que me envuelve, pero cada que lo hacen, mi envoltura se regenera de inmediato. A veces emite ruidos extraños como para alejar a los intrusos. Parece funcionar. Cada vez son menos los que vuelven a intentarlo.

No sé cuánto tiempo dure mi encierro. A veces siento que en mi cuerpo algo cambia, se transforma, pero no puedo verlo. Tampoco sé decir en qué modo. Aunque no me preocupo. Si he de salir de aquí algún día o no es algo que ya no me importa.

El silencio de Boris

Boris era el conserje de aquella escuela católica para señoritas. El edificio era viejo; no tanto así el señor Boris. Había visto entrar y salir a unas cuantas generaciones de muchachas a través de los años. Desde que trabajaba allí no había habido ningún incidente de importancia. No al menos que él recordara. Sólo el de Alinka, la jovencita que cayó por las escaleras hace ocho años. Nada grave.

Su trabajo consistía en mantener en orden las instalaciones, labor que hacía con esmero. Recorría los pasillos buscando averías y escuchaba las voces de las tutoras que impartían clases desde temprano. Pintaba las puertas, arreglaba los pupitres en mal estado, cambiaba las bombillas cuando hacía falta. Podría decirse que Boris era feliz estando allí.

Cuando las clases terminaban, solía mirar desde el patio el ir y venir de las muchachas. Pensaba que algunas de ellas eran realmente bonitas. Pero nunca iba más allá de ese pensamiento. El respeto ante todo, era su regla. Incluso a algunas, en distintos años, las llegó a considerar como a sus propias hijas: la linda Stana, la juguetona Clara, la retraída Carola. Pero se habían marchado hace mucho. No obstante, aún las recordaba con cariño, como si los años no pasaran.

Una mañana fría, Boris caminaba por los pasillos con la mirada alegre y los pies ligeros. Ese día cumplía cincuenta y dos años. El director de la escuela, el señor Franz Niemczyk, lo había felicitado en privado. No era común un gesto de ese tipo en un hombre como Franz, hecho que agradeció en sus adentros. Llegó al cubo de las escaleras y descendió del tercer piso hasta el patio. Cruzó las jardineras y llegó a la bodega del colegio.

Buscó unas herramientas; había que hacer algunas reparaciones a los baños de arriba. El cuartucho que le servía de bodega era un completo desastre. Escuchó un ruido no muy lejos de allí. Se quedó inmóvil y agudizó el oído. Parecían pequeños golpes contra el muro. Cerró la bodega y se puso a investigar. A un lado del almacén, y resguardada por un pino frondoso, pudo ver a una chica queriendo sortear el muro. Sus zapatos daban puntapiés contra el muro.

—¿Milena? —preguntó al reconocerla—. ¿Qué haces ahí arriba? ¡Baja de inmediato!

Milena soltó un gritito al ser sorprendida. Su cara se puso roja. Abrumada, tartamudeó de forma incomprensible. Boris levantó una mano para imponer silencio.

—Esto lo tiene que saber el director. Anda, camina.

La tomó del brazo. Milena imploraba con frases entrecortadas. El color se le había subido a las orejas.

—¡Señor Boris! Por favor, no lo haga —dijo, resistiéndose—. Si el viejo Franz se entera, me va a expulsar.

Las lágrimas de la chiquilla detuvieron a Boris. No se consideraba un hombre sentimental, pero había algo de lastimero en los ruegos de Milena.

—Lo siento, pero las reglas son las reglas.

La soltó del brazo al ver que el llanto aumentaba.

—¡No, por favor! Hago lo que sea, pero no se lo diga.

Las palabras le entraron como un cuchillo en los oídos. Boris nunca se había encontrado en una situación similar. ¿Qué hacer? Si la dejaba, corría el riesgo de que se salieran de control las cosas en el colegio. Primero sería una, luego tres, después seis las alumnas que intentarían escaparse. No podía permitirlo. Era un hombre de principios. Sabía que no debía haber excepciones con las reglas. Pero estaba la otra parte, el ruego sensible de Milena, una joven frágil que suplicaba no ser delatada. Además, las palabras pronunciadas por ella le resonaban todavía en la cabeza: ¿Qué era *lo que sea*? ¿A qué se refería?

Se estuvo así un rato. El llanto de Milena cesó y al notar lo contrariado del conserje, prosiguió:

—Sí, Boris. Hago lo que sea. Usted es muy bueno y sé que no quiere que me echen del colegio. ¿Sabe lo que pasaría en casa si me expulsan? —hizo una pausa—. Mi madre se moriría. Es una buena católica, trabajadora y honrada, y no creo que usted quiera hacerla sufrir por una tontería como ésta.

La mirada de Boris se tornó incrédula. Cruzó los brazos sobre el pecho. Hacía frío. ¿Cómo podía soportarlo Milena con esa falda del uniforme que llevaba puesta? Dio un paso atrás y se quedó callado.

—Sólo esta vez, por favor, y juro nunca volver a hacerlo.

Milena se acercó y lo tomó del brazo. Se acercó tanto que Boris pudo sentir el cuerpo de la joven. Su pierna rozaba la de ella y el pecho de Milena estaba pegado a su antebrazo.

—¿Lo prometes? —preguntó Boris, nervioso. Era la primera vez que una alumna se le acercaba tanto.

—Lo juro por Dios —hizo la señal de la cruz con los dedos y la besó.

—De acuerdo.

Un estremecimiento incontenible se apoderó del vientre de Boris cuando Milena, con una gran sonrisa, lo besó en la mejilla. La joven tomó su bolso, dio media vuelta y caminó rumbo al patio. Entonces Boris la detuvo.

—¿Ya te vas, así como así?

—¿A qué se refiere, Boris? —preguntó sorprendida.

El conserje trató de controlarse. Carraspeó la garganta y agregó:

—Creo recordar que dijiste que harías lo que fuera con tal de mantener este asunto en secreto.

Milena se desconcertó. ¿No había funcionado el ruego?

—Sería una pena, en verdad, que te expulsaran del colegio —continuó Boris—. Y tu madre..., piensa en tu madre, ¿qué diría?

Se acercó a la muchacha y le cerró el paso. Le echó otra mirada, esta vez más minuciosa. Era muy bonita, de verdad. Además, tenía unas lindas piernas. Y unos pechos pequeños y duros. Por primera vez vio a una alumna de distinto modo, ya no como una chiquilla de dieciséis años sino como una mujer. Y hacía mucho que él no estaba con una. La tomó por los hombros con sus manos ásperas y sintió de inmediato el rechazo.

—Me está asustando, Boris.

—No hay por qué temer, Milena. Ni tú ni yo queremos que te pase nada malo.

El mismo Boris no sabía lo que estaba ocurriendo. Sólo se dejó llevar.

—¡Suélteme! Esto no es divertido —su voz estaba a punto de quebrarse.

—¡Está bien! —dijo enfadado—. Vamos con el director. No le encuentro más solución al asunto. Reglas son reglas y nadie puede romperlas.

La jaló del brazo y Milena volvió a resistirse. La escena transcurría lejos de la vista de cualquiera. Luego de más ruegos y súplicas, Milena dijo:

—¡Está bien! ¿Qué quiere?

Boris sonrió para sus adentros. Se preguntó si sería capaz de decírselo. Hubo un silencio entre los dos.

—Te quiero a ti.

Los ojos de Milena se abrieron de forma desmesurada. Su cara, ahora lívida, reflejaba el terror ante las palabras del conserje.

—No, eso no. Por favor, Boris, no lo haga.

—¿Quieres ir con el señor Franz a contarle que intentabas escaparte?

Ella volvió a llorar. Se llevó las manos a la cara, limpiándose las lágrimas.

—No —respondió.

—Entonces ven. Aquí nadie podrá vernos.

La condujo a la bodega. Abrió la puerta y encendió la bombilla que colgaba del techo. Olía a humedad y a rancio. Boris orilló algunos trastos para que ambos cupieran.

—¿Lo has hecho antes?

—No —respondió Milena con una voz apenas audible.

—No te preocupes, yo te iré diciendo qué hacer.

La excitación de Boris creció ahora que la tenía a solas. Se abrió la bragueta y sacó su polla a mitad de una erección.

—Debes ponerlo en tu boca —dijo.

La expresión de Milena pasó del miedo al asco. Era la primera vez que veía la polla de un hombre. No tardó en tomar forma la erección. Miró una vez más a Boris, suplicante, y al comprender que no había más remedio, decidió hacerlo.

—Pero sólo eso —advirtió Milena.

Se hincó. Miró el miembro de Boris y comenzó a frotarlo con la mano. Se pasó la lengua por los labios y, luego de titubear, lo metió en su boca tratando de no vomitar.

Boris sintió la cavidad húmeda y caliente. La sensación le pareció nueva, pero poco a poco se fue refrescando en su memoria. Habían pasado muchos años desde la última vez que lo había hecho, en un burdel del centro de la ciudad. La lengua de Milena era tímida y huidiza. Aun así, era algo placentero. Y después de un rato, Boris, deteniéndola, agregó:

—Quiero joderte.

—¡No, eso no! —dijo Milena, aterrada—. Creí que esto era todo.

—Te equivocaste.

La joven se estremeció. Buscó una salida. Pero sólo vio sombras que se balanceaban al ligero vaivén de la bombilla.

—No puedo hacerlo. Mi mamá me mataría si supiera que ya no soy virgen —dijo en un murmullo.

Boris pensó en ello. Siempre hay más de una solución a un problema, solía decirle su padre cuando era niño. Y así lo creía desde entonces. Encontró una alternativa luego de reflexionar un poco.

—Entonces te la meteré por el culo. Así yo obtengo lo que quiero y tú sigues siendo virgen.

—¡No!

—Seré amable. Te lo prometo —dijo Boris para tranquilizarla.

La tomó del brazo con fuerza. Ella estaba paralizada. Entendió que no tenía escapatoria: sólo podía esperar a que todo terminara. Y pronto.

—No tardaré. Será cuestión de unos minutos —dijo Boris.

La hizo girar hasta que quedó de espaldas a él. Le recorrió el torso con las manos y bajó por las caderas hasta sus piernas. Sintió el cuerpo de Milena estremecerse y la oyó gemir asustada. Sus carnes eran duras, firmes, virginales. El olor del cabello de la muchacha era delicioso. Le desabrochó la falda que cayó al suelo. La trusa morada de la chica fue contemplada por unos segundos con éxtasis. Tomó el resorte de la trusa y las manos de Milena se posaron en las suyas para detenerlo.

—Tranquila. Todo va a estar bien —le susurró cerca de la oreja y deslizó la prenda hacia abajo.

La doblegó frente a un estante. Las manos de Milena se apoyaron en una cornisa del mueble. El cabello rubio le cubría el rostro. Las piernas, blancas y delgadas, temblaban entre las manos del conserje. Boris llevó su miembro inflamado y palpitante a las nalgas de la joven. «El altar negro», leyó en un libro hace tiempo. Siempre quiso saber cómo era penetrar uno. Y ahora lo tenía ahí. Empujó con suavidad. Pero encontró resistencia.

—Tranquila —volvió a repetir—. No va a dolerte.

Empujó con un poco más de fuerza. El pequeño orificio se resistía a dar cabida a su miembro. Se llevó el pulgar a la boca y le introdujo el dedo ensalivado. Volvió a escucharla gimotear. Le pidió que se callara. Así se facilitarán las cosas, explicó.

Volvió a intentarlo. Acercó su miembro y lo sostuvo frente al culo de Milena. Empujó de nuevo. Una leve resistencia pero lo había logrado. Estaba dentro de la muchacha.

—Sí, así —dijo—. Iré despacio. No voy a lastimarte.

Comenzó con unas suaves acometidas. El bamboleo fue subiendo de intensidad. Milena gimoteaba asustada, adolorida. Boris supuso que era de placer. Estaba extasiado, embriagado de locura. Embestía cada vez con más fuerza al tiempo que el cuerpo y la cara le sudaban. El acto duró más de lo que hubiera deseado Milena. Luego de un rato, Boris terminó. La sensación de haberla poseído fue tan placentera que pensó que iban a doblárseles las piernas, haciéndolo caer.

Se echó un paso hacia atrás y pudo ver en todo su esplendor el cuerpo de Milena. Una hermosa jovencita, sin duda. Sacó un pañuelo de su chaquetón y se secó el sudor de la frente. Por su parte, Milena, lloriqueando, se subió la trusa y recogió la falda del suelo. Tenía manchas de tierra. Se arregló las ropas, abrió la puerta y antes de salir, le echó una última mirada de rabia que Boris no supo interpretar. Escuchó los pasos de la chica al alejarse.

Estaba fatigado. Recordó cuando, más joven, hacerlo con una mujer no lo agotaba de ese modo. Los años no pasan en balde, pensó. Acomodó sus pantalones y se pasó otra vez el pañuelo por la cara. Miró a su alrededor. Todo ese material, viejo y desgastado, le trajo a la memoria los años de trabajo arduo que hacía a diario en la escuela. También recordó los nombres de otras chicas. ¿Cómo pude ser tan tonto al dejarlas ir?, se dijo. Los rostros de Stana, Dominika, Carola, y de las otras, rondaron por la bodega mal alumbrada. ¿Cómo habría sido estar así con ellas?

Luego de tomar un respiro buscó el material necesario para reparar los baños del tercer piso. Cuando lo tuvo en las manos, miró el cuarto.

—Quizá sea hora de renovar la bodega —dijo en voz alta, sorprendiéndose al oír su propia voz.

«Y también la forma de recordar a algunas chicas», secundó una voz en su interior.

Movió la cabeza sonriendo y salió del lugar.

Raúl Solís

(Ciudad de México, 1989). Fue alumno del curso-taller de creación narrativa de Humberto Guzmán en la Facultad de Ciencias Políticas y Sociales de la UNAM, de 2011 a 2015. En 2012 asistió al programa de Escritura Creativa del Claustro de Sor Juana. Fue finalista del concurso internacional *Cada loco con su tema* (BENMA Editores, 2013) y parte de la antologia de relatos del mismo. Participó en la antologia de cuentos y relatos *Terror en la Ciudad de México* (Libros del conde, 2015), como autor y como codiseñador. Tiene relatos publicados en la Gaceta de la Preparatoria 5 de la UNAM, donde fue alumno, así como en la revista *Kinkies: Literatura que ensucia...* (año II, no. 4); y en la revista de la UNAM *Punto de Partida* (no. 207). En 2015 publicó su primer libro de cuentos titulado *Ajuste de Cuentas* (Maldurmiente).

Índice

Obras publicadas en Lectio

Antologías

Poetas a la intemperie I

Exploraciones Quiméricas Vol. 1

Cuento

Los túneles y otros cuentos, Alberto Hernández

Un perdedor sin futuro, Raúl Solís

Acúsome, padre, Rocío Herrera

Manual de acrobacia cotidiana, Rodrigo de Ávila

Poesía

Entre una estrella y dos golondrinas, Manuel Sauceverde

Divino poemario, Erik Meneses

La flor de un cardenche, María Elisa Schmidt

Novela

Overcast, Jorge Varela

Descarga este libro gratis

1. Escribe tu nombre y apellido, con pluma o bolígrafo, en la página donde aparece el título de este libro y el logo de Lectio.

2. Tómale una foto al libro, debe verse la página con tu nombre.

3. Envíanos la foto a: ebooks@lectio.com.mx

En poco tiempo, recibirás un enlace para descargar tu libro.

Un perdedor sin futuro es parte de la iniciativa
#QuiénHaceMisLibros
en favor de visibilizar a los distintos participantes
en la realización del producto editorial.

Esta edición de *Un perdedor sin futuro* de Raúl Solís, se terminó de
componer en enero de 2020 en el estudio de diseño editorial de Lectio
en la Ciudad de México.
La revisión y el cuidado de la edición estuvieron a cargo de Alan Santos
y Roberto Arias.
Para su composición se emplearon las familias tipográficas Cormorant
Garamond y Cormorant Infant.

Para conocer el fondo editorial de Lectio visita: www.lectio.com.mx

La quimera de la literatura